「もたれればいい」
「……うん」
広い胸に頭を預け、息を吐く。

illustration by CHIHARU NARA

# 発育乳首～蜜肌開発～

秀 香穂里
KAORI SHU

イラスト
奈良千春
CHIHARU NARA

C O N T E N T S

# 序章

……ピリピリする。

四肢を押さえつけられて胸だけジャケットとワイシャツをはだけられ、桐生義晶はくちびるを噛み締めた。

「く……っぅん……っ……ぁ……バカ、も……やめ……っ」

「じっとしてろ。おまえのためにやってることだろ」

冷ややかに言うのは同居人である坂本裕貴だ。凍えるような日々が続く二月の夜、マフラーをしっかり巻きつけ、カシミアの手袋もはめて帰ってきた桐生はひと息つく暇もなく、坂本に腕を取られてベッドルームに引っ張り込まれた。

せめてコートを脱がせてくれと訴えたのだが、坂本はまるで聞く耳を持たずにのしかかってきて、桐生の胸元をぐしゃぐしゃに乱し、冷えた素肌に触れてきた。

坂本の手は意外と温かく、じんわりと熱が染みこんでいく。そのままじっとしてくれていたらいいのだが、男たちの手によって育てられた、桐生のむっちりとした淫靡な乳首を際立たせるようにむにむにと動く。

ピンと尖った乳首を指で摘まれて、ああ、と首をのけぞらせて喘いだ。

次第に肌が熱くなっていくのが悔しくてたまらない。放っておいてくれればこんなにも敏感になっていなかったのに。

以前だったら乳首を触られてもなんともなかった。風呂で身体を洗うとき、パジャマやシャツに着替えるとき、自分でも無意識に触れていたが、なにも感じることはなかった。

なのに、坂本をはじめとした男たち——会社の上司である桑名守と、部下の叶野廉によってちいさな肉芽はいまや悩ましい色香を漂わせ、触れられると途端に朱に染まる。

「だいぶいい色になったな。このまま真っ赤に熟れさせてもいいが、あいつらもまだまだ楽しみたいだろうし、おまえだって銭湯に行くこともあるだろうからな。あんまりエロい乳首にしといたら、群がる男があとを絶たないから、俺が独自にブレンドした美肌ローションで乳首をマッサージしてやる」

「ん、んっ、あ……っ」

ただローションで撫でられるだけならここまでピリピリしたりしない。むずがゆいような刺激が身体の奥底から湧き上がってきて、すこしもじっとしていられない。

「も、いいから、離せ……！」

「だめだ。おまえの卑猥な乳首を美しくしようとしてんだろ。ムダに暴れるな。それともなんだ、ローションで感じたか？」

　整った顔にセル縁のボストン眼鏡をかけ、無精髭が散らばった坂本が、にやりとくちびるの端を吊り上げる。見た目はそれなりにいい男なのだが、桐生と同じ大学を卒業後、ボストンバッグひとつでマンションに転がり込んできた奴は、暇さえあればラブグッズの開発にのめり込み、いちいち桐生の身体で試す。

　黒い吸盤を乳首に取りつけて、中の空気を抜いてねじり上げたり、太さや長さに工夫を凝らしたと胸を張ってさまざまな形のバイブレーターを持って迫ってきたり、枚挙にいとまがない。

　そうやって生み出したラブグッズはメーカーに権利ごと売っぱらい、大金を手にした坂本のすることと言ったらひとつだ。

　ギャンブルに突っ込む。たいていは馬かパチスロ。日本でカジノがまだ合法化されていなくてほんとうによかった。ありったけの金を突っ込んで大勝ちするか大負けするかの二択しかない坂本は、金がなくなったらいそいそとラブグッズの開発に精を出すというクズ中のクズだ。

　美肌ローションをたっぷり染みこませたというガーゼで乳首をそっと拭う坂本は悪辣に笑う。

「前、勃ってるぞ。ジッパー、押し上げてんじゃねえか」

「ちが、う……、これは……」

「すっかり乳首で感じるようになったな。十年近くおまえの乳首を弄ってきた成果だ。普通の男はここを触っても勃起しない。だけど桐生、おまえは違う。ひどく敏感な乳首を濡れたガーゼで擦られるだけで下半身も反応するんだ。……もう扱いてほしいだろ」

「――……ん、んっ……！」

　ぶるぶると頭を横に振ったのと同時に、ジリッと金属の噛む音をわざわざ響かせてジッパーを下ろしてくる坂本が、大きな手をふわりとかぶせてきた。

「扱いてほしいと言え。言えたら好きなだけ触ってやる」

「ッ、誰が、言うか……！」

　そんなはしたないこと、一生かかっても絶対に言わない。

　羞恥に頰を染め、眉間に皺を深く刻んだが、やわやわと締めつけてくる手から逃れられない。

「言えよ。長いつき合いだろ？」

　片手で乳首を擦り、もう片方の手で肉茎をボクサーパンツからはみ出させて、先端をくすぐる坂本を睨み据えたが、ふっと鼻で笑われた。

「目に涙溜めて勃起してる奴に睨まれてもな。扱いてくれ、って言えばいいだけじゃないか」

「……う……っ……く……」

　先端の割れ目をくるくると撫でた次に、下着の中に手を突っ込んできた坂本が、陰嚢からゆるゆると擦り上げてくる。くびれのところをきゅっと締めつけてほしいのに、そこに差し掛かると途端に力が抜けてしまう。

「や……っだ……このま、まじゃ……」

「もっと強く扱いてほしいのか？」

「う……」

真っ赤な顔でこくこく頷いた。ルームウェア姿の坂本にしがみつき、もっと激しい手淫をねだってしまう。

「じゃ、ちゃんと口で言えよ。おまえの意に染まぬことはしたくないからな。バカな俺に教えてくれよ。どうしてほしいんだ」

言うか言うまいか。激しく逡巡したが、刻々と高まっていく欲情を捨て去ることはできない。何度か口を開いたり閉じたりして、とうとう声を絞り出した。

「……し、し、ごいて、……ほしい……」

「どういうふうに？」

「ぐちゅぐちゅ、って……あぁっ……あ……さか、もと……っ！」

骨っぽい手が肉竿に巻きついて大胆にごしゅごしゅと上下に動く。ぴんと張り詰めた皮膚にびくびくと筋が脈打ち、桐生のあからさまな興奮を坂本に伝える。

根元からゆったりとくびれに向けて扱かれ、張り出したカリをきゅっと甘やかに締めつける。それだけでせつない気分になってしまい、イきたくなる。

いまにも爆ぜんとしている亀頭の割れ目をカリカリと人差し指で引っかかれると、腰裏にモヤモヤした熱が集中する。やすみなく続けられて太腿に緊張が走り、肉竿の先端からじゅわぁ……っとしずくが染み出す感覚に溺れた。声を抑えられないほどに気持ちいいが、決定的な快感ではない。

もちろん手淫でも感じるのだが、この身体はすでに男に貫かれる悦びを知っている。しかし相手は坂本だ。めったに挿入しない坂本と繋がったのはたった一度だけ。

大学時代から不毛な恋を続けて約十年。その頭脳のひらめきはすさまじく、卒業後はどこかのシンクタンクへ——と教授陣を騒がせていたが、坂本が選んだのは桐生との同居とラブグッズの製作だ。

こんな男、好きになったっていいことはひとつもないのに。

胸の裡で情けないおのれをなじるが、だんだんと性器を扱く手が早まってきて、桐生を高みへと押し上げる。

意識はもうろうとし、達することしか考えられない。

「ほら、素直に声を出せ。いつイってもいいんだぞ」

ガーゼをかぶせられた乳首をちゅくちゅくとねじられながら肉竿を扱かれ、「あ、あ」と喉をのけぞらせながら昂っていく。

「も、……もう、だめだ……出ちゃ、……イく……っ」

「たっぷり出せ」

「くぅ……っ！」

きつく身体をしならせて、びゅくりと放った。白濁が胸や腹に飛び散り、さぞかし卑猥な光景だろう。

その様子に坂本は動じることなく、ガーゼをくしゃくしゃと畳んでゴミ箱に放り投げる。そして、力の入らない桐生に代わって、タオルでぞんざいに肌を拭う。

「もっと刺激剤を強くしてもいいかもな。このローションで乳首を擦られるだけでイくぐらいに、早速今夜、調合してみるか。それとはべつに新しい性感帯も開発したいよな……。ああ、桐生は風呂に入ってこい。その間にメシ用意しとくから。今夜はもつ鍋だ」

事がすんだら、さっさと立ち上がって日常に戻ってしまう男を恨めしげに見送り、のろのろと身体を起こす。

まだ身体の奥で熱がくすぶっていて、かき混ぜてほしいのだが、そんなことが言えたら自分じゃない。

「くそ……」

まったくもって、いつまでこんなことが続くのだろう。

# 一章

二月といえばバレンタインデーだ。

　社会人になってからというもの、そう騒ぐことでもないと思うのだが、桐生の勤め先である中堅の貿易会社は、世間の流行や季節のイベントごとにひときわ敏感だ。

「今年もいっぱい買ってきちゃいましたー」

　両手にガサガサと大きな紙袋を提げて午後のオフィスに戻ってきたのは、桐生の直属の部下である叶野だ。二十九歳の桐生より四つ下で、明るめの髪に精悍な相貌が魅力的だが、くしゃりと笑うと子どもみたいで、社内の女性にも大モテだ。

　去年のバレンタインも、叶野が社内一、チョコレートをもらっていた。どれも本命だと思うのだが、叶野は翌月のホワイトデーに手作りのクッキーをひとりずつに渡し、『これからもよろしくお願いします』と誠実な笑顔を見せ、ますます株を上げたという噂だ。

「デパ地下のチョコレート売り場、早くも戦争でしたよ。もう大勢のひとでぎゅうぎゅう。でもしっかりお目当ては買ってきました。今年人気のパティシエのチョコなんか、朝から三時間並びましたよ」

「お疲れ。面倒な仕事を頼んですまなかったな」

「いえいえ、これぐらい。俺も甘いもの好きですしね。個人的にいろいろ買えたからよかったです」

紙袋をデスクに置き、濃いグレイのコートを脱ぎながら「さむさむ」と肩をすくめている叶野のために席を立ち、コーヒーサーバーで熱いコーヒーを淹(い)れて渡してやった。

「熱いからやけどしないように」

「ありがとうございます」

ぱっと顔をほころばせる叶野がマグカップを受け取る瞬間、不意に互いの指先が触れ合う。外から帰ってきたばかりなのに、叶野の指は温かだ。ひんやりしている桐生の指をちょんといたずらっぽくつつき、意味ありげに目配(めくば)せしてくる。その雄(おす)っぽいまなざしにどきりと胸が弾(はず)む。

普段は年下のできる部下、といった男だが、ベッドの中では豹変(ひょうへん)し、誰よりもいやらしい言葉を口にし、桐生を圧倒する。

「課長もチョコ、食べます？　コーヒーに合いそうなの、たくさん買ってきましたよ」

「あ、……ああ、もらおうかな」

「僕も仲間入りしていいかな？」

するりと会話に入ってきたのは、上司である桑名だ。三十九歳にして部長という肩書きを持つ彼は社内でも切れ者と評判で、すこし癖のある黒髪に炯々とした瞳が印象的だ。両親が資産家で、幼い頃から裕福な暮らしを享受してきた者らしく、品と余裕を備えている。

　チャコールグレイのスーツはきっとオーダーメイドだろう。いつもネクタイにつけている馬蹄のピンは、『幸運のお守りなんだよ』と笑っていた。

　どこからどう見ても大人の男だが、彼もまた、桐生をめぐる攻防戦では淫らな一面をあらわにする。それこそ、性欲の強さでは年の離れた叶野に負けないぐらいだ。

「叶野くん、ビターチョコレートはある？」

「ありますあります。カカオ多めの大人向け、まさに桑名部長にぴったりのチョコレートを買ってきました」

「それは楽しみだ。早速どれかいただこうか」

　桑名も桐生もそれぞれマグカップにコーヒーを注ぎ、叶野のデスクを囲む。

「こっちが今年人気ナンバーワンのチョコで、こっちはパッケージが可愛くて買いました。あ、これは意外と列ができてたパティシエのトリュフチョコで、試しに買ってみたんです。どれからいきます？」

「じゃ、その意外なチョコにしてみようか。口コミで広がったのかな？」

「そうですね。私たちの気づかないところでＳＮＳで噂になったのかもしれません」

　鮮やかなネイビーブルーのパッケージを開けてみると、四つのトリュフチョコが綺麗に並ん

でいる。こっくりとした深みのあるブラウンがやけに美味しそうだ。

ひとつつまんで口に入れると、濃厚なカカオの味が広がる。とろりと蕩ける味わいは最高で、舌触りも抜群だ。

「……これは確かに美味い。評判になるのもわかる」

桑名が頷き、桐生もそれにならう。ブラックのコーヒーともよく合う。

「四つ入って四千円。結構いいお値段しますよね」

「ひと粒千円か。もっと味わって食べればよかったな」

素直な心情を口にすると、桑名と叶野がそろって微笑む。

「課長のそういうところ、可愛いですよね。今年は俺が課長宛のバレンタインチョコ、奮発しちゃいます」

「僕も知り合いのパティシエに作ってもらおうかな。特別なきみのためにね」

ほかの者には聞こえないぐらいの囁き声に、頬がかっと熱くなる。

思わずうつむくと、腕組みした叶野がにやにやと笑う。

「——デパ地下じゃ絶対に売ってないチョコも買ってありますよ」

「へえ、どんなのかな？」

好奇心旺盛な上司に、叶野がウインクする。

「課長がエッチになっちゃうチョコです」

「そういうのって噂には聞いたことがあるけど、ほんとうに売ってるものなんだね。効果のほどはどうなんだろう」

「試してみたいですよね」

「近いうちにね」

遠慮のない視線にさらされて、落ち着かない。

まだ昼間なのに。仕事中なのに。

気もそぞろな桐生を見やり、桑名がコーヒーを飲み干し、「さてと」と仕事用の声で切り出した。

「チョコレートに絡めた企画とはべつに、僕のほうでアイデアを立てたんだ。桐生くん、叶野くん、きみたちに手伝ってもらいたい。これからB会議室に来てくれるかな」

「わかりました」

色っぽい場面はひとまずお預けだ。桐生はタブレットPCを脇に抱え、叶野とともに桑名のあとを追った。


十人の社員が入れるサイズの会議室に入り、三人で片隅に座る。部長の桑名には上座に座ってもらい、斜め横に桐生、その隣に叶野が腰掛けた。

　それぞれがタブレットPCを開く。

「我々はグランピング、ベランピング企画を成功させてきた。その中でさまざまな意見を耳にしたね。グランピングもベランピングも、もともとはキャンプを手軽に楽しみたいというひとたちのために生まれたものだ。キャンプを突き詰めようとしたらきりがないが、奥が深い。グランピングでキャンプの楽しさに目覚めたひとたちが、今度はもっとレベルを上げてみたいと思っているらしい」

「なるほど。その楽しみを我々が具体的に提供できたら、というのが次の企画ですか」

「ああ。どのへんまでレベルアップするかが問題だが、とりあえず僕たちで試してみよう。ほぼ初心者の僕らがチャレンジできるのなら、たいていのひとも手を出せるだろう?」

「いまの時期だと本格的な冬キャンパーのみが参加していると思います。とりあえず、暖かくなった頃からのキャンプ、と想定して、候補地を絞り込むのはどうですか」

　叶野の言葉に、桑名が「そうだね」と返す。

「今回は東京から車で気軽に行ける範囲にしよう。どこがいいかな」

「軽井沢なんかいいと思いますが、いまの時期はまだ雪が残っていますよね。千葉の房総あたりはどうでしょう。あのへんだったら、海沿いのキャンプ地もありそうです」

「車で行くなら、オートキャンプ場をチェックしたほうがよさそうですね」

桐生の隣で叶野がカタカタとキーを打ち、「こんな感じです」と房総半島のキャンプ場一覧を表示させる。

「意外と数があるな……。ああ、やっぱり海沿いのオートキャンプ場がある。天気がよければ富士山が見えるらしい」

「ここ、いいですよね。今度の週末、俺と課長でシュッと偵察に行きませんか？　房総なら日帰りできますし」

叶野とふたりで、となったらなにごとも起きないというわけにはいかなさそうだが、日帰りと聞いてほっとする。偵察には時間がかかるものだし、互いに仕事となったら不埒なことには及ばないだろう。

「わかった。じゃあ、レンタカーを借りよう」

「了解です。桑名部長には随時連絡を入れていくという形でオーケーですか？」

「それでいいよ。僕もこの週末は持ち帰りの仕事を自宅で片付けていると思うから、いつでも連絡してくれて構わない」

「よし、三人で今回もいい企画にしましょう！」

気炎を上げる叶野に、桑名とふたり、笑って頷いた。

# 二章

週末は朝から綺麗に晴れ上がった。車で行くとなっても、外に出る時間も多そうだから、ダウンジャケットを羽織っていくことにした。

「ほら、弁当だ。わんこの叶野と仕事なんだろ？　多めに作っておいたから車の中ででも食え」

玄関で靴を履いているところへ、ルームウェア姿の坂本がトートバッグを渡してくれる。

「悪いな。朝早くから」

「なんのなんの。上手にできたから楽しみにしとけよ。あ、手袋忘れるな」

「ありがとう」

玄関脇の棚に置きっぱなしだった手袋を受け取り、「じゃあ、行ってくる」と背中を向ける。

「気をつけて行ってこい。美味い夕食作って待ってるから」

こういうところだけを見れば、文句なしにいい男だ。

マンションの玄関前にはすでに赤いＳＵＶ車が停まっていた。中をのぞき込むと、運転席に座る叶野がひらひらと手を振っている。

「待たせたか、すまないな」

「いえいえ、いま来たところです。荷物は後部座席にどうぞ」

「坂本が弁当を作ってくれたんだ。昼にどこかで食べよう」

「お、いいですね」

和やかに話しながら車を走らせていく。千葉方面は、以前坂本と一緒に来たことがあり、木更津アウトレットで買い物をして帰った。あのときのことを思い出すと顔から火が出そうだが、隣に座る叶野は澄ました顔で、ラジオから流れる音楽のリズムに合わせてハンドルを指でとんとん叩いている。

途中、海ほたるに寄って休憩し、一服したあとはホットドリンクを買って車に戻った。一路、房総半島を目指して車を飛ばし、他愛ない話を楽しんだ。キャンプをするならどこのメーカーのグッズを推すか、自分たちが実際テントを張れるかどうか。

左側に海が見えてきた。ちょうどいいところに無料駐車場があったので車を停め、窓を細く開けてから、坂本お手製の弁当を食べることにした。

トートバッグにはバンダナに包まれたふたつの弁当箱が入っていた。ひとつは食べやすいサイズの俵型のおにぎりが詰められており、もうひとつはさまざまなおかずが綺麗に詰められていた。

「うっわ、豪勢。坂本さん、料理上手なんですねえ」

「あいつの取り柄といったらそれぐらいだ。好きなだけ食べろ」

「じゃ、遠慮なく。唐揚げいっちゃおう。……ん、美味い！　ちょっと濃いめの味つけが食欲をそそりますね」

「私はたまご焼きをいただこう。……うん、美味しいな。白だしで味つけしてるんだ。おにぎりによく合う」

　ブロッコリーを揚げたものや、ミニトマトに、ちくわにキュウリを挟んだものなど、充実した副菜だ。

　箱いっぱいに詰められた弁当を平らげ、ペットボトルのお茶を飲んで腹をさする。

「満腹だな」

「ほんとうに。坂本さんにお礼言わなくちゃ」

　そこでしばし休んだあとは、また車を走らせた。

「もうすこしでオートキャンプ場に着くみたいですね」

　カーナビを見る叶野の言葉に車窓の外を眺める。広い海が広がっていて、絶景だ。周囲に明かりはないし、ここでキャンプできれば見事な星空が眺められるだろう。

「着きました、っと」

　十分ほどして叶野がキャンプ場の駐車場に車を入れる。

　ふたりして車を降り、あたりを見て回った。いまは客はひとりもおらず、打ち寄せる波以外は静かなものだ。

敷地内をスマートフォンで撮影して回る。持ち帰って資料作成に生かすためだ。

「風呂に入るとすると、車で五分ぐらいのところにあるスパを使う感じですかね」

「そこのスパならレストランもあるから、料理に失敗したとしても食いっぱぐれなくてすむな」

「ですね。俺たちも帰り際寄っていきましょうか」

「そう、だな」

一瞬口ごもってしまった。叶野とふたりで裸になったら、ただではすまない気がする。

「まあ、スパはまたの機会にしよう。とりあえずこんなところか。ほかのところも回ろう」

「了解です」

そろって車に戻り、シートベルトを締めようとすると、隣から視線を感じる。

「……叶野？」

叶野が素早く桐生サイドにあるレバーを押し、シートを倒す。突然のことに抗えず、よろめきながら倒れ込むと、すかさず叶野が覆い被さってくる。

「おい、叶野！　おまえ……」

「誰もいない場所に車で来て、なにもしないで帰るわけがないでしょう？」

至近距離で叶野がにやっと笑う。

慌てて身をかわそうとしたが、肩を摑まれて押さえ込まれてしまう。

「ここのところ忙しくて課長にぜんぜん触れなかったから焦れったかったんですよ。——課長のエッチなおっぱい、見せて」

ついさっきまで仕事の話をしていたのに、途端に言葉に熱がこもる。

がむしゃらに暴れようとしても、どうしても力では負ける。息を切らす桐生のワイシャツの前を開いていく叶野の手つきは慣れたものだ。

あっという間に熱い肌をさらしてしまい、顔がぱっと赤くなる。

「なーんでこんなにやらしいんだろ……」

普通の男より肥大した肉芽に釘付けの叶野が、たまらずに指でつまんでくる。

「……ッぁ……！」

こりっとねじられ、ずきんとした鋭い快感が背筋を駆け抜ける。

「ちょっと薄めの色になりました？　自分でお手入れしてるんですか」

「ち、ちが……っこれは……坂本が……美肌ローションを作って……」

「へえ、そんなもの開発してるんですね。ふふ、前より艶々で美味しそう。思いきり吸ったら赤くなるかな」

楽しげな叶野が乳首をつつくと、ぷるんと重たげに先端が揺れる。そこに芯が入って勃つと、なんとも淫らなのだ。

「課長のおっぱい、いただきます」

ちゅうっと吸いついてくる叶野の頭を抱え、「あ――……！」と声を嗄らした。最初は舌先でやさしくれろれろと舐め回し、だんだんと乳首が勃起してくると、ちゅくちゅくと音を立てて吸い上げる。

「や、やめ、バカ、……こんな、ところで……っ」

「暴れないでください。課長だってココ吸われると気持ちいいくせに。俺、とっくに知ってるんですよ。課長は乳首を吸われるとすぐ勃起しちゃう」

「う……っ」

ツツツと肌を爪でひっかかれ、ぞくりと身体を震わせた。

「あー……俺たちが散々可愛がったから、乳首にやらしいスリットが入っちゃいましたね。もっと吸ったらミルクが出てきそう」

「で、ない……っ」

くにくにと先端の割れ目をいじくって乳首の形を崩す叶野の頭を引き剝がそうとしたが、じゅうっときつく吸われて身体の力が抜けてしまう。スリットの奥の媚肉が見え隠れし、叶野のさらなる愛撫を誘う。

「赤くなってきた。やっぱ課長はこうでなくちゃ。男に吸われるための乳首なんですよ」

思わず叶野の髪を強く摑んだ。痛がってやめてくれればいいのに。

乳首の根元を舌先でせり上げられ、こりこりと軽く噛まれて息を呑んだ。

「んぅ、んんっ、あっ！」

じんわりと熱い感覚が下肢に広がるほどの快感に呻いた。

乳首を責めるだけでは飽き足らず、叶野は両手を使って胸筋をぐっぐっと揉み込んでくる。ふっくらと盛り上がったそこは、ほんのり赤く染まり、男の指が食い込むことを悦んでいる。

「も、う、やめ……てくれ……」

「こんな中途半端なところでやめていいんですか？　俺は反対。せっかく大きい車借りたんだし。前、坂本さんとカーセクしてたでしょ。あのときは乳首弄られてイっただけだったけど、俺は違いますよ。課長のいいところ、味わわなくちゃ。こっち来て」

ぐっと身体を引き寄せられ、叶野にまたがる形になった。背後のハンドルが邪魔して逃げられない。

叶野が器用にベルトを外し、ジッパーを下ろしていく。きつい場所から解放されたことで、ついほっとしたが、ボクサーパンツからペニスを引き出されてねちねちと亀頭を揉まれ、びくんと身体がしなる。

「かの……っ」

「美味しそうな汁垂らしちゃって。もうガチガチじゃないですか」

腰を揺さぶられて下着ごとスラックスをずり下ろされ、尻が剝きだしになる。

「俺、課長のまぁるいお尻も大好き。むちむちしてるんですよね」

「っ、あ、あ……」

両手でいやらしく揉みしだかれ、うずうずしてくる。尻の表面に指が食い込んでばらばらに動くたび、性器がぴくんと震える。

舌なめずりする叶野が自分のベルトを外して肉棒をあらわにする。太い血管が幾筋も浮き、亀頭は怖いほどに大きい。その先端からとろっとしたしずくがあふれているのを見て、ごくんと喉が鳴った。くすりと叶野が笑う。

「舐めたそうな顔してますよ」

「し、してない……」

「さすがに車内でフェラさせるのはかわいそうかなぁ。挿れてあげたいけど、ふたりして天井に頭ぶつけちゃいそうですしね。どうしましょうか」

「っ、どうする、って」

根元のくさむらを指にくるくる巻きつけ、肌に押しつけてくすぐる叶野が焦れったい。

二本の肉竿がかすかに触れ合って気持ちいい。無意識に腰を押しつけてしまったことに叶野が熱っぽく息を吐き、くちびるを近づけてくる。

「キスして、課長」

「……う……」

くる。
自然と叶野の首に手を回し、顔を傾けた。叶野にくちびるを吸い取られ、頭がぼうっとして

「舌、出してみてください。俺と目を合わせて」

「っ……んぁ……」

腰をくねらせながら舌の先だけを出すと、叶野が楽しげにちゅぽちゅぽと舐め出す。つうっと唾液が伝い落ち、喉元を濡らしていく。ディープキスには至らないけれど、互いに視線を絡めながら舌をしゃぶり合うのはなんとも卑猥だ。

叶野の両手が互いの肉竿をまとめて握り、にちゅにちゅと扱きだした。

「んぅっ、んんっ、んぅっ」

息が弾み、叶野と深く舌を絡め合いながら腰を揺らした。

エラが引きつれて擦れ合い、たまらなく気持ちいい。先端の割れ目を指でこじ開けられて、くりくりと指の腹で擦られてあふれ出しそうだ。

「あっ、い……っ叶野……っ」

「俺も。気持ちいいですね、課長」

「う、ん、っ……んっ、強い、叶野、い……っ……すごい……っ」

肉竿を一緒に扱かれ、叶野の頭をぐしゃぐしゃと抱え込む。

ふたりして腰を揺らし、絶え間ない快感に呑み込まれていく。その最中に叶野が素早くポケ

ットからゴムを取り出し、互いのものに嵌めたことにも気づけなかった。

「あっ、あ……っも、イく……イっちゃう……っ！」

「見てるからいっぱい出して」

「あぁっ、あぁっ、あ……——！」

「く……っ」

ぎゅっと強くくびれを絞り込まれて、激しい快楽が全身を駆け抜ける。弓なりに身体をしならせた瞬間、奥のほうからびゅくりと熱があふれ出す。叶野も息を深く吐き、ゴム越しにどくどくと放ってきた。

「はぁ……っ……ん……っは……ぁ……」

「あー……課長のエロ顔最高。撮っておかなきゃ」

額に汗を滲ませた叶野がスマートフォンを取り出し、カシャリとシャッターを切る。

耳を赤く染めてうつむく桐生の顔から尖った乳首、ゴムが嵌まったままの勃起した性器とすべてを写し、「みんなに送っておきますね」と笑う。

若い叶野の射精はまだ続いていて、ゴムの先端が大きくふくらむ。そのままどろりとあふれ出しそうなのを察して慌てて手をかぶせると、叶野がごそごそとポケットからタオルハンカチを取り出し、ふたりのそこを覆った。

「勢いで突っ込んじゃえばよかったかな。外が寒くなきゃ、アオカンとしゃれ込むところでしたけどね。きゅんきゅん締まる課長をバックから突きまくって喘がせたかったなぁ」

「バカか、おまえは……」

慎重にゴムを外した叶野が、白濁で満たしたそれを目の前にかざす。

「こっちが課長、こっちが俺。ハハ、お互いたっぷり出しちゃいましたね。課長が女性だったらとっくに孕んでますよ」

「片付けろ、もう」

目元を染め、ぐったりと力を抜いた。

「このままラブホに寄って帰ります？　そこから坂本さんと桑名部長にラインでセックス動画流してあげましょうよ。好きなだけズボズボしてあげるから」

「無茶言うな」

破廉恥なことばかり言う叶野の頭を小突けば、くすくすと笑い声が返ってくる。

まだ身体に力が入らない。

叶野にもたれながらため息をつき、ぼんやりと窓の外を眺めた。

挿れてほしかった、なんて絶対に言えない。

房総半島のオートキャンプ場を使ったアイデアをまとめ、資料を作る日々に追われた。

今回は車で行くことになるから、荷物は結構積み込める。これが徒歩や電車がメインのキャンプだったら、もっとアイテムを減らさなければいけない。

家族四人でキャンプに行くと想定して、持ち込むアイテムを、叶野とともにリストアップした。

「まずテントですよね。やっぱり人気があるのは海外製品だけど、最近は国産でもレベル高いものがありますしね。でも、値段がなぁ……当たり前だけど、いい値段するんですよね」

「確かにな。家族四人が入れるテントとなると高額だろうし」

会議室で叶野とふたり、あれこれと話し合った。

「春夏秋冬問わずキャンプを楽しもうっていうファミリーなら、いいアイテムをそろえたほうがいいでしょうけど……」

叶野の言葉に、タブレットPCでネット検索(けんさく)してみた。

「あ、テントのレンタルができるらしいぞ」

「ほんとですか。だったら楽ですね」

「寝袋やランプもセットで貸し出してくれるそうだ。家族四人のプランで三万ぐらいだ。わりと良心的な価格だな」

「そこで一度借りて、俺たちで試してみましょうか」

「いいな。そうしよう。私のほうから桑名部長に上げておく。叶野はこのサイトからキャンプファミリーセットをレンタルしておいてくれ」

「了解です」

不埒なことをしても、日常ではできる部下だ。早速、仕事に取りかかる叶野を背に、桐生は会議室を出て桑名のもとへと向かう。

午後のオフィスはのんびりした空気だ。デスクが並ぶ島の突端に座る桑名は書類をめくっている。きちんとした大人の印象を与えるスリーピース姿は、同性の桐生から見ても憧れる。端正な彼を見習って、スリーピースを何着か誂えたぐらいだ。

「桑名部長、お忙しいところ申し訳ありません。キャンプの件でご相談したいことがありまして。いまよろしいでしょうか」

「うん、なにかな」

書類から顔を上げた桑名は穏やかな笑みを浮かべている。

彼もベッドの中では別人の顔を見せる。勢いで迫ってくる叶野とは違い、大人の余裕を見せつつ、ねっとりと責めてくるのだ。

　桐生のものをしゃぶるのが好きで、何度その長い舌で狂(くる)わされたことか。

　思い出すと腰裏が炙(あぶ)られるように熱くなるから、あえて意識をそらす。

「——キャンプ道具一式をレンタルできるサイトを見つけました。テントや寝袋(ねぶくろ)をはじめ、必要なものはひととおりそろっています。そこでセットをレンタルして、私たちで一度試してみるのはいかがでしょうか」

「いいね。ただ、まだ冬だけど大丈夫かな。慣れてないと冬場のキャンプは大変だろう」

「そうですね……暖房が必要ですよね。ちらっと見た感じでは石油ストーブが主流らしいですが、上級キャンパーじゃないと扱(あつか)いが難しそうですね」

「僕のほうでも冬季キャンプについて調べてみたけど、カセットガスを使うストーブがあるらしいよ。これならメンテナンスも楽だし、カセットガスもホームセンターで手に入る。まあ、一度行ってみて、どうしても寒かったら車中泊するか、近くのホテルに泊まろう」

「そうしましょう。アイテムは私と叶野が手配しておきます。いつ頃がいいですか？」

「うーん、今週末は接待が入っているから来週とか……」

　そこで桑名の手元に置かれたスマートフォンが振動する。ちらりと視線を投げてくる桑名に、「どうぞ」とうながした。

「すまないね」

スマートフォンにメッセージが届いたようだ。それを見た桑名のくちびるの端が吊り上がる。

「――守くんのことは覚えてるかな？」

「はい？」

「以前、みんなで六本木のクラブに行ったことがあるだろう。あそこで出会った男だよ」

「あ……」

坂本と桑名に連れていかれたＳＭクラブ、『ゼルダ』でショウをお披露目していた男の名だ。アッシュブロンドの髪がきらきらとまばゆい、とびきりの美形だ。あの場の熱気を思い出すと、頬が熱くなる。守に、ぽってりと熟れた乳首を暴かれたのは羞恥の極みだ。

「彼がまた会いたいそうだ。キャンプの前に四人でクラブに行こうか。きっとおもしろい体験ができるよ」

「いえ、私は、その――」

桑名が頬杖をついたことで、デスクに置かれたボールペンが転がり落ちる。慌てて拾い上げようと床に膝をついたところで、桑名の長い足が身体に絡まる。続いて片手で頭を摑まれてデスクの中に押し込まれた。

「っ、な……部長……っ！」

けっして小柄なほうではない。ぎちぎちになってデスクの中から這い出そうとしたが、靴先で股間をやんわりとまさぐられ、声を失う。

「……ぁ……っ」

「きみにしゃぶらせたくて。……あの夜のきみを思い出したらたまらなくなってね」

ベルトをゆるめて、みずからジッパーを下ろし、硬い雄をあらわにする男に目を瞠った。赤黒く怒張したものを真っ昼間のオフィスで見せられるとは。

もう何度も舐めさせられたことがある。覚えがありすぎて、頭がくらくらしてくる。会議室で犯されたこともあったが、あのときは自分たち以外にいなかった。

だけど、ここは広いオフィスだ。桑名の島は幸いなことにみんな離席しているが、両隣の島は賑わっている。

「いい子だからおしゃぶりしてごらん。それともきみのいやらしい乳首をみんなにバラされたいかな?」

その言葉にはどうしても抗えない。胸の秘密を仕事仲間に知られたら生きていけない。

長い指で喉をくすぐられながら肉棒を押しつけられ、怖々とくちびるを開いた。

ちゅぷ、と卑猥な音が頭の中でこだまする。雄の匂いに惑わされて舌先で亀頭をくるみ、正座をして桑名の性器を両手で摑んだ。

狭い場所で桑名の長いものを根元まで愛撫するのは難しい。亀頭の割れ目を舌でくにゅりと抉り、思いきって中程まで口に含む。

「……ン、っ、ん……ん、ふぅっ……」

なめらかな舌の上に濃い味を残す桑名のものは癖になる。ここがオフィスだということも、つかの間忘れ、ぐぽぐぽと突き込まれる肉棒をしゃぶった。

桑名は軽く腰を揺らすだけだ。かすかにギッギッとオフィスチェアが鳴る音と、口内をぐちゅぐちゅ犯す音が混ざり合う。

上目遣いに見れば、桑名は澄ました顔だ。書類をぱらりとめくる音がする。

「――……っ」

現実に引き戻されそうになると、すりすりと靴の裏で股間をくすぐられた。桑名が片手を伸ばしてきて、髪をまさぐってくる。

「とても気持ちいいよ、続けて。なんだったら、きみも自分のものを弄ってもいいんだよ」

「んー……っん、ン、ん……！」

そんなことできるか。涙が浮かぶ目で訴えるが、だんだんと張り詰めていく性器を生地越しに擦られて腰が揺れてしまう。

触りたい。擦りたい。……イきたい。

欲望で頭がいっぱいになるが、自分までもが痴態をさらすわけにはいかないから、口淫にのめり込んだ。

喉奥まで届く剛直に咳き込みそうになり、懸命に息を整え、両手で扱きながら舌を絡める。

「ンっ、ん、っんー……、ッ」

叶野とも坂本とも違う男の味に朦朧としてくる。

じゅぽじゅぽとしゃぶりたて、桑名をイかせようと必死になっていると、「お疲れさまです」と覚えのある声が聞こえてきた。

「ああ、叶野くん。どうした？」

「キャンプの件でお伝えしたいことがあって。……あれ？　桐生課長、先にいらしてませんでした？」

ぞわりと冷や汗が背中に滲む。

こんな場面を見られたらおしまいだ。身体が凍りついたが、桑名がすこしだけ身を引く。

「彼ならここだよ。ほら」

「あ……！」

デスクの下をのぞき込んでくる叶野と目が合い、身がすくむ。口いっぱいに肉棒を頬張り、とろとろと唾液をこぼしている上司を見て、叶野はどう思っているのか。ついさっきまで真面目に仕事の話をしていたのに。

上気した顔の叶野がスマートフォンをすかさず向けてきて、カシャリとシャッター音を鳴らす。そうだった、叶野はこういう奴だ。

「すっごいエロ……さすが桑名部長ですね。会社で桐生課長にフェラさせるなんて」

「いいだろう。天にも昇る心地だよ。ほんとうは乳首を弄らせながら咥えさせたいけど、そこまでしたらさすがに鬼畜の所業だからね。それはまた今度のお楽しみだ。……スーツを乱して、腫れぼったい乳首を自分で弄りながら、男の性器をしゃぶる桐生くんを想像するだけで、叶野くんも勃つだろう？」

「すぐにでも課長をトイレに連れ込んで犯したいです」

「いまは僕の番だよ。……ああ、もうイキそうだ。桐生くん、飲んでくれるかな？」

「ん、っ、ふ……ん、んっんんっ、んっ……！」

頭を鷲掴みにされて前後に振り立てられ、硬い肉棒が喉を突く。

ぱんぱんに張り詰めた性器を靴裏で擦られて、頭の中で快感が弾けると同時に、桑名がどっと撃ち込んできた。

「ンー……っ、んー……っ！」

多量の精液で口内を満たされ、喉を鳴らしながら飲み込んだ。

「最後の一滴まで飲んで。こぼさないように、綺麗にしてほしいな」

「ん、っ、ぁ、あぁ……」

快楽の名残で言われたとおりぺろぺろと舐め回し、息を切らす。射精はしていないが、身体のそこかしこで火花が弾けている。

「どうだった？　背徳の味は」

ぎりっとくちびるを噛みながら部長を睨んだが、まだ意識はぼうっとしている。

「また飲みたい？」

蠱惑的な声に、迷いながらもこくりと頷いた。

こんな場所でなかったら、もうすこしだけ罪悪感を覚えずにいられたのに。明日から桑名のデスクを見るたび、自分のはしたない姿をまざまざと思い出しそうだ。

「じゃ、そう言ってほしいな。桐生くんにおねだりされてみたいな」

にこやかに笑う桑名の言うとおりにしないと、いつまでここに押し込められているかわからない。

「……また、飲ませて……ください」

「なにを？」

「……桑名……部長の精液、……飲ませて、ください」

「いいよ、いつでもきみだけにあげる」

掠れた声に桑名が微笑む。

余韻が抜けず、口元を拳で拭う桐生の姿に叶野が何度も何度もシャッターを切っていた。

## 四章

叶野、桑名と立て続けに貪られた疲れもあったのだろう。

その日の夜はマンションに帰るなり服を脱ぎ捨ててパジャマに着替え、坂本の「風呂に入らないのか？　メシはどうすんだ」という誘いにも乗らず、早々にベッドにもぐり込んだ。

芯からくたくただった。空腹だったたが、一刻も早く眠りたい。

頭まで布団をかぶり、深呼吸を繰り返す。

すぐに泥のような眠りに引きずり込まれ、夢も見なかった。

ふと目が覚めたのは、ベッドの端が軋んだせいだ。短時間でも熟睡できたのだろう。身体がすこし軽くなっている。

髪をかき混ぜる大きな手の感触に瞼を擦りながら見上げると、薄闇の中、坂本がベッドの端に腰掛けていた。

「起こしたか。ずいぶん疲れてたみたいだな」

「まあな……」

坂本にしたらやさしい手つきが珍しくて、されるがままだ。

「仕事が忙しいのか？　最近帰りも遅いだろ」

「いろいろあってさ……疲れた」

「おまえがそう言うのもなかなかないな。よし、風呂に入れてやる」

「……は？」

脇下に手を差し込まれて抱き起こされ、ふらつきながらバスルームに連れていかれた。

抗う間もなくパジャマと下着を脱がされ、心地好い温度のシャワーを浴びせられる。

「俺も脱ぐか。服が張り付いて気持ちが悪い」

ぼんやりしている桐生の前で、眼鏡を外した坂本が無造作にルームウェアを脱ぎ捨てていく。

引きこもりのくせに胸筋も腹筋も鍛えていて、思わず見とれる身体に仕上がっているのがなんとも悔しい。

新しい湯を張ったバスタブにまず桐生を入れ、続いて坂本が背後に入ってくる。

「もたれればいい」

「……うん」

広い胸に頭を預け、息を吐く。

「おまえを悩ませるのは桑名か、叶野か？」

「どっちもだ」

「男ふたりに求められるってのも大変だろうな」

他人事みたいに言うな。こんな乳首にしたのは誰だ。

しれっとした顔の男を肩越しに睨むが、首筋から肩をマッサージされて文句も溶けてしまう。

疲れると、そこらへんがガチガチにこわばってしまうのだ。

「お疲れお疲れ。髪と身体を洗ってやる」

「いいのに」

「俺がしたいんだよ」

バスタブから出て椅子に座ると、浴槽の縁に座った坂本が湯の温度を確かめ、シャワーで髪を濡らす。しっとりと全体を濡らしたあとはシャンプーを手のひらに広げて泡立て、やさしく地肌を洗い出した。

「……はぁ……気持ちいい……」

うっとりと瞼を閉じ、首をそらした。

大きな手で地肌を揉まれる心地好さに深く息を吐き出した。

坂本がこんなことをしてくれるのは初めてだ。なにか裏があるのではないかと勘ぐりたくなるが、いまのところ不埒な気配は感じられない。

もこもこの泡をシャワーで洗い流したあとは、コンディショナーを擦り込んでもらった。

続いてボディソープで泡立てたスポンジで背中から洗ってもらう。

そのあとは前面を。一瞬、胸をスポンジがかすめたときはどきりとしたが、坂本はなんでもない顔で腹を擦り、股間や太腿、ふくらはぎと洗っていく。

「よし、完璧だ。洗い流すぞ」

「……ん」

再びシャワーを浴びせられる。

正直なところ、物足りなかった。いつもなにか仕掛けてくる坂本が、まったくの平常心で風呂に入れてくれるとは思わなかったのだ。

「どうした」

「え？」

顔を上げると、おもしろそうな顔の坂本と視線が交わる。

「俺がエロいことするかもって期待してたのか？」

「そんなことない」

反論するものの、声が上擦ってしまう。

「ご期待にお応えしてもいいんだぜ」

ニヤニヤする坂本に追い詰められ、壁に背をぶつけた。

「乳首ががら空きだよなぁ。俺の特製ローションが効いてるみたいだな。前よりすこしピンクになった。……でも結局、弄ると真っ赤になるんだよな」

「さか、もと……っぁ……っ」

壁に手をついた坂本がもう片方の手でねちねちと乳首を捏ねてくる。途端に電流のようなびりっとした快感がほとばしり、膝ががくがくと震えた。

「ん、は——……ぁ……あぁ……」

「いつの間にそんなやらしいねだり声を覚えたんだよ」

「そんな声、……出して、ない……っ」

「出してるだろ、いま。俺に乳首を弄られるだけで腰が揺れるし、目も潤んでるぞ。そんなに気持ちいいのか？」

「う……ぅ……ん……っ……」

おまえのせいだろうが。

罵倒したいが、すべては喘ぎ声になってバスルームの壁に反響する。

右、左と肉芽をたっぷりいたぶられて、手が離れていった。

「あ……」

イかせてもらえるものだとばかり思っていたから、思わず間の抜けた声が出た。

「疲れてるおまえにこれ以上、無理はさせられないからな。湯冷めしないうちに早く出てパジャマを着ろ」

「……っ」

反応しかけていた中心を隠すようにして、桐生はバスルームを飛び出し、大判のバスタオルで身体をくるむ。

まだ腰裏がジンジンしていた。めったに挿入しない坂本と繋がれるかもしれないと一瞬期待してしまった自分がバカみたいだ。

乱暴に身体を拭いてパジャマを着込み、薄暗いままのベッドルームにもぐり込んだ。

枕元に置いたスマートフォンが明るくなっている。ふと見ると、メッセージが届いていた。

【守】

その名前に胸がどきりとなる。

SMクラブのプレイヤーだ。

そういえば、桑名が『会いたいそうだよ』と言っていた。

なんの用で会いたいのだろう。守や坂本も含めて全員で会ったらとんでもないことになりそうだ。

どんなメッセージが書かれているのか、いささか気になるが、坂本に植え付けられた熱がぶり返しそうで、アプリを開くのはやめて、布団を頭からかぶった。


「課長、レンタルサイトから一式が届きましたよ」

叶野が声をかけてきたのは打ち合わせから一週間後だ。

大がかりな荷物をふたりがかりで会議室に運び込む。机や椅子を部屋の片隅に寄せ、大きく開けたスペースにテントを仮に立ててみることにした。

実際に立てるときには地面にペグを打ち込む必要があるが、その前の段階までは室内でもできる。

ドーム型のインナーテントを叶野と広げ、説明書に従ってクロスするようにポールを差し込んでいく。次に四隅のエンドピンに差し込むことでポールが張り、インナーテントが立ち上がるといった仕組みだ。

「なるほど、こういうふうに立てるんだな」

「完成までにはまだいくつかのステップが必要ですが、まずはこの形に仕立てることが大事なんですね。ひとりじゃ結構大変そう」

テントをぽんぽんと叩く叶野がにこりと微笑む。

「ふたり以上は必要だな。テントを支える側と、地面にペグを打つ側と」

「ですね。寝袋も広げてみます？」

「試してみよう」

こちらもふかふかにする必要があり、叶野とそれぞれ端を持って引っ張った。

レンタルといえど、最高級のメーカー品だ。試しに床に敷いて寝袋に入ってみると、思った以上に暖かくてふわふわしている。

「お、結構もこもこしてる」

「な」

嬉しそうな叶野が隣で寝袋のジッパーを引き上げ、顎(あご)まですっかり埋(う)まる。

「あったかー。これなら冬山のキャンプもいけそうですね」

「たぶんもっと着込まないとだめだろうけどな」

「確かに。いまは暖房の効いた社内ですもんね。足のつま先から真っ先に冷えそうだから、厚手の靴下が必要かな。冬用インナーとか」

「いまは機能性が高くて薄手のインナーがたくさん出ているだろう。テントや寝袋だけじゃなくて、周辺のアイテムもリストアップしてみないか。ザックとテントだけじゃキャンプはできないだろう。まあ、今回のメインはオートキャンプだから、なにかあったら車に逃げ込めばいいんだが」

「ギンギンに寒かったら車中泊もありですね。でも、一晩(ひとばん)完全に車のシートで寝るっていうのはきついですよ。うしろのシートが倒せる大型のSUV車なら布団を敷いて寝そべれますけど、普通の車のシートだとエコノミー症候群(しょうこうぐん)になりかねないし、ゆっくり眠れませんし」

「車種まで限定すると挑戦(ちょうせん)しづらくなるな……。とりあえず、車中泊が可能なタイプは参考程度にあげておこう。そもそも、キャンプ道具を積み込むスペースも必要だしな」

「了解です。俺のほうで絞り込んで、後日、課長にお伝えします」

そろって寝袋から這い出て一式を畳み、大型バッグに詰め直す。

すぐさまタブレットPCに必要事項を打ち込んでいる叶野の横で、桐生は四人分のキャンプ道具一式を肩にかけてみた。ずしりと重たい。ひとりではよろけそうだ。実際にキャンプ場に持っていく場合は分担したほうがよさそうだ。

「荷物はこれだけじゃないしな……食料や水もあるし」

「あー、キャンプ飯！　そこもクローズアップしません？」

叶野がすっと近づいてきて、タブレットPCを見せてくる。そこにはすでに指示したことがびっしりと書き込まれていた。

色香の混じる場面をのぞけば、ほんとうにできる部下だ。

「昔ながらの飯ごう炊さんでもめちゃくちゃ美味しいと思いますけど、手軽に作れるおしゃれキャンプ飯、いいですよね。女性にも受けそうだし。これも俺が調べておきましょうか？」

「いや、全部おまえに任せるのも悪い。キャンプ飯は私がチェックしてみる」

「……課長って料理上手でしたっけ」

困ったように笑う叶野の頭を小突き、「私でも作れるレシピを探す」と言い切った。

「そのほうが初心者には向いてるだろう。性別年齢問わずチャレンジできるレシピ、探せばたくさんあるはずだ」

「じゃあ、お願いします。三、四種あればいいかなと。前もって誰かの家で作るのもいいですね。いきなりキャンプで作るとなると失敗するかもしれませんし」

「それがいいな」

デスクに戻り、ネットで『キャンプ飯』で検索してみる。

春夏秋冬、さまざまな料理があるようだ。

冬期はやはり煮込(にこ)み料理が人気らしい。

「ラーメンだったらみんな作れるよな……そばもいいし、鍋物もいいな……」

前もって刻んだ野菜をたっぷり入れて煮込んだラーメンだったら身体も温まりそうだ。味噌(みそ)味、醤油(しょうゆ)味、塩味のどれがいいか。野菜を美味しくたくさん食べるなら味噌味がよさそうだし、これなら自分でも作れそうだ。

スマートフォンでスケジュールを確認し、次に、叶野、桑名、坂本が参加するグループラインにメッセージを送ってみた。

『今度の週末の夜、私の部屋で試食会をしたいのですが、どうでしょう』

五分後にはいっせいに了解の返事が届いた。

張り切ってレシピを写し取り、一応ほかのレシピも用意しておくことにした。

「よし、やるぞ」

住み慣れた自宅でならそうそう間違いは起きないはずだ。

――きっと。

――たぶん。

# 五章

土曜の夕方、桐生は自宅近くのスーパーでカゴを手に提げ、売り場を歩いていた。

インスタントラーメンを人数分カゴに入れ、キャベツにニンジン、モヤシを手にする。メンマやナルトも買うことにした。ラーメンだけでは足りないかもしれないと考え、パックのごはんもカゴに入れた。デザートはリンゴでいいだろう。

ふたつのエコバッグを提げて自宅に戻れば、「お疲れさまでーす」と明るい声が飛んできた。

叶野が奥から現れ、エコバッグを受け取る。

「桑名部長も来てますよ。坂本さんにコーヒー淹れてもらっちゃいました」

「そうか。とりあえずゆっくりしてくれ」

いったんベッドルームで、ラフなルームウェアに着替えて、みんながいるリビングに顔を出した。

「お邪魔してるよ、桐生くん」

端正なボタンダウンシャツに品のあるカーディガンを羽織った桑名が、ソファに腰掛けて足を組み、マグカップを掲げる。その隣に叶野がぽすんと腰を下ろす。

「狭いところに、わざわざすみません」

「いやいや、一度はきみと坂本くんの部屋にお邪魔してみたかったからね。いい機会だ」

「ここ、何部屋あるんです？」

興味津々といった叶野に、「3LDKだ」と返す。

「結構広いんだー。ふたり暮らしなら充分ですね」

「まあな」

「桐生もコーヒー飲むか」

キッチンカウンターから顔をのぞかせる坂本に首を振り、「早速、ラーメン作りに挑戦してみたいんだ」と言った。

「おまえひとりで大丈夫か？　なんだったら俺も手伝うぞ」

「坂本はもともと料理上手だろ。おまえに手伝ってもらったら、あっという間に終わってしまう。それじゃ意味がないんだ」

「ま、いいけどよ」

肩をすくめる坂本がマグカップになみなみとコーヒーを注ぎ、カウンターにもたれる。

見られていると緊張しそうだ。深く息を吸い込み、冷蔵庫の脇にかかったエプロンを身に着け、丁寧に手を洗う。

一番大きな鍋に水を張ってコンロにかけ、沸かしている間に具材を切る。

いつも料理は坂本に任せっぱなしだから、ひとつひとつの手順がゆっくりだ。

ニンジンを食べやすいサイズに切るのにひと苦労し、ガッタンガッタンとまな板を揺らしながら切った。

「おいおい、事故るなよ」

くすくす笑う坂本を睨み、モヤシをざるに空け、水洗いする。

キャベツはもっとも手こずった。一枚一枚めくっていくのだが、どこまでめくればいいのかわからない。

「五枚ぐらいで大丈夫だぞ」

坂本のアドバイスに従って五枚めくり、水洗いしてざく切りにする。

「タマネギも入れればよかったかな」

「あると美味いけどな。ニンジンとキャベツ、モヤシだけでも充分だと思う」

「そうか」

「炒めるときは塩胡椒、ごま油をちょっと垂らすと味に深みが出る」

「わかった」

フライパンを熱し、切り分けた具材を一気に放り込む。ジャアッと威勢のいい音がして一瞬ひるむが、菜箸を掴んで大きくかき混ぜた。

野菜はシャキシャキ感が命だ。炒めすぎないうちにごま油をひと垂らしし、塩胡椒を振る。

途中、ぐらぐらとゆだった鍋にラーメンを入れた。続いてスープの粉を溶かす。

「坂本、容器を用意してくれるか」

「了解」

前もってネットで購入しておいたアウトドア用の使い捨て容器に麺を分け入れてスープを注ぎ、手早く炒めた野菜を盛りつける。メンマとナルトを盛りつければ完璧だ。

「できた……みんな、食べてもらえるか？」

「おお、いただきます」

「いい匂いだ」

カウンターに並べた容器を各自手にし、割り箸で勢いよく啜る。

「ん！　美味い」

「ごま油が効いてるね。野菜もシャキシャキだ」

喜ぶ叶野と桑名にほっとし、坂本を見ると、早くもスープを啜って容器を空にしていた。

「ごっそさん、美味かった」

「口に合ったか」

「これからインスタントラーメンは、おまえに作ってもらうことにする」

坂本らしい言葉に顔をほころばせた。

「週末の昼食に作ってやるよ」

「味噌味も美味いが、俺的には塩味が好み」

「わかった。買っておく。——叶野、桑名部長も美味しかったですか」

「上出来だよ。これを寒い山の中で食べられたら、ひときわ美味しいだろうね」

「ですねー。さむさむって言いながらみんなで肩を寄せ合ってラーメンを食べるの、楽しそう。夜はこのラーメンで腹がふくれるとして、朝はどうします？」

「やっぱりパンと目玉焼き、分厚いベーコンじゃないか。キャンプの定番だろ」

坂本の言葉に桑名が頷いている。

「確かに。それに熱いコーヒーがあれば、ばっちりだね」

「キャンプ慣れしているひとなら凝った料理も作れるだろうが、僕らはあくまでも初心者だ。定番中の定番を押さえておいたほうがいい」

「そうですね。じゃ、今回の企画では、夜は野菜盛りだくさん味噌ラーメンに、朝はパンと目玉焼き、ベーコンで打ち出していきましょう」

みんなから容器を受け取ってシンクに戻し、水でさっと洗ってダストボックスに入れる。食後は坂本が熱々のコーヒーを淹れて配った。

ソファは叶野と桑名が座っているから、桐生は坂本と並んでカウンターにもたれる。

腹が満たされ、すこし眠い。

ひとり昼寝をしたい気分だったが、客を招いている状態ではさすがに失礼にあたる。

「眠そうだな、桐生」

坂本がくしゃくしゃと髪をかき回してくる。そのやさしい手つきにほだされ、身体が傾く。

ぐっと腰を引き寄せられ、「珍しく甘えん坊だな」と坂本が笑う。その笑みになにか悪辣なものを感じて急いで身を引こうとしたが、遅かった。

「以前から桐生の新しい性感帯を開発したいと思ってたんだ。どうする、ここでちょっと試してみるか？」

「いいですね」

「ぜひとも」

すかさず食いつく叶野と桑名が憎らしい。ぎりっと睨みつけたが、ふたりとも楽しそうに笑っているだけだ。

「こら、坂本！　離せ！」

羽交い締めにしてくる坂本にもがいたが、インドア派のくせして鍛えている男にがっしりと押さえ込まれると、びくともしない。

するりと前に手が回り、チノパンのジッパーをジリッと下ろされる。そのまま下着ごとチノパンを膝までずり下ろされ、みんなの前で性器をむき出しにされた。

「……ぁっ……！」

かあっと頬が火照る。まだ力の入らない肉竿をやわやわと擦られ、感じるはずがないと理性では強く思っているのに、三人に徹底的に愛された身体は敏感に反応してしまう。

「いい子だな、硬くなってきた。みんなに見られてるからか？　おまえもずいぶんと淫らになったよなぁ」

「バカ、そんなことない……あ、っ」

ペニスが勃起したところで坂本が、どこに隠し持っていたのか、シルバーの細長い箱を取り出す。

「それには、なにが入ってるのかな？」

好奇心旺盛な桑名に、坂本が余裕たっぷりに答える。

「桐生の尿道を開発するための道具が入ってる」

「尿道……？」

「男は前立腺と尿道を開発されると、メスイキができるらしい。桐生はおまえたちに前立腺の快さを教わっただろうから、次は尿道だ。まずは消毒しよう。雑菌が入らないようにな」

「さかもと……っ！」

「叶野、テーブルに置いてある消毒液のボトルとコットンの入ったボックスを取ってくれるか」

「わかりました」

数日前から、そのボトルがテーブルに置いてあったことは知っていた。ただ、綺麗に、清潔にしたいのだろうとしか思っていなかったのだが、まさかこんなことに使われるとは。

　坂本の指示で、叶野が消毒液をコットンに垂らす。

「染みないから安心しろ」

「安心できるか！　……っあ、あ……！」

　割れ目をすりすりと濡れたコットンで擦られ、嫌なのに感じてしまう。ぴくんと震える亀頭に、坂本たちが示し合わせたように笑うのが悔しい。

　シルバーの箱を開けた坂本が極細の黒い棒を取り出し、桐生の目の前で楽しげに揺らす。

「尿道カテーテルだ。これでおまえの奥の奥まで可愛がってやる」

「待て、おい……冗談にならないぞ……！」

「冗談ですますと思うか？　この俺が」

　根元から反り返った肉竿を握り締めた坂本が割れ目をくぱぁ……と指で押し開き、慣れた手つきでカテーテルをゆっくり押し込んでくる。

「――あ、っ、あ、っ、あ！」

　ぞわりとした感覚は初めて得るもので、思わず目を瞠り、弓なりに身体を反らした。

　冷たい――ひんやりしている――なのに、最奥から熱いものがじわりとこみ上げてくる。カテーテルを挿れられれば挿れられるほど、ぞくぞくしてしまう。膝が笑い、坂本に抱きかかえられていなかったら、くずおれそうだ。

「カテーテルには潤滑剤がたっぷり塗ってあるから、なめらかに挿っていくだろ？」

「んぅ、んん、あ――あっ……あぁーっ……！」

激しく身悶えた。髪を振り乱し、生まれて初めての感覚に溺れ狂った。

坂本はカテーテルをちゅくちゅくとねじり挿れながらピストンさせる。その卑猥な動きに腰が揺れてしまい、叶野と桑名に火を点けたようだ。

まず叶野が床にひざまずき、しこる陰嚢に舌を這わせてくる。

「ここに課長の蜜がいーっぱい詰まってるんですよね。あとでたっぷり搾り取ってあげたいなあ……」

「あ、っ、あ、かの、……っ！」

ツンツンと陰嚢をつつかれ、熱い舌でくるまれて、気が狂いそうだ。いますぐ射精してしまいたいのに、尿道をカテーテルでふさがれている。

「僕はこっちかな」

近づいてきた桑名がカーディガンの袖をまくり上げ、「おやおや」と笑い出す。

「きみの可愛い乳首がもう勃ってるじゃないか」

「いや、だ、見ないで、……ください……っ」

「だめだよ。僕らをおかしくさせる乳首は存分に弄り回してあげないとね」

坂本に寄り添う形で、桑名がツンと尖る乳首をつまみ上げる。

「だめ、です、つまんだら……ッぁ、ぁ、あぁっ……！」

「前よりすこしピンク色になったのかな？」

「俺特製の美肌ローションで手入れしてやってんだよ。ま、弄られると結局、真っ赤になっちまうけどな」

男にしては大きめな肉芽は乳暈からふっくらと盛り上がっている。桑名が捏ねれば捏ねるほど淫らな朱に染まり、乳頭が重たげにぷるんと揺れる。

「ああ、なんていやらしいんだ。こんなに勃起した乳首、ニット一枚じゃ隠しきれないだろう。アンダーウェアを着ないと、桐生くんのいやらしい乳首がみんなにバレてしまうね。――僕たち以外の男にこの淫乱乳首を弄らせてみたいな。僕ら以外でもきみは感じるのかな？　とろとろと精液をこぼして達するのかな？」

「んん……っ！」

にゅぐりとカテーテルが奥まで押し挿ってきて、じゅぽじゅぽと抜き挿しされる。

「さすが桐生だな。先走りがだらだらあふれてるぞ。ハハ、わんこの叶野に舐めてもらえ」

「任せてください。課長、いますぐ気持ちよくしてあげますね」

先走りで濡れきった肉竿に叶野が吸いつく。側面にちゅっちゅっとくちづけ、浮き立つ筋をれろーっと舐め上げる。それだけでも射精感が募るのに、陰嚢をこりこりと揉み転がされると泣きじゃくりそうだ。

「このまま叶野か桑名に突っ込んでもらうか？　尿道をふさがれているから、おまえはイきたくてもイけない。考えるだけで楽しいよなぁ。……でもま、まだ開発したてだ。今日はこれぐらいにしてやるか。叶野、イかせてやれ」

「課長の中に挿りたいんですけど」

「それはまた今度な。尿道初心者の桐生にはさすがにつらいだろ。突っ込まれながらカテーテルでも弄られたら天国見られるだろうけどな」

「じゃ、そうっとカテーテル抜いてください。あとは俺が口でしてあげます」

「はぁ……っあ、あ、待て、もうすこし、ゆっくり……んん……！」

にゅるりとカテーテルが引き出されていく。同時に桑名に乳首をねじられ、叶野の熱い口内で巧みにしゃぶり尽くされ、桐生は掠れた声を上げながら、どっと射精した。

「ん……、やっぱ課長の精液最高。いつ飲んでも濃いんですよね。癖になる。ごちそうさまでした」

「次は僕が飲みたいな」

名残惜しそうに肉芽を擦る桑名に囁かれる間、叶野が犬のようにぺろぺろと性器を舐め回し、「綺麗にしました」と笑う。

「さすがわんこ。よくできた」

「わんわん」

冗談っぽく叶野は笑うが、よく尖った犬歯にぞくりとする。

未知の性感帯を開発されるなんて思いもしなかった。

そして、そこで感じてしまうことも。

尿道を嬲られながら挿入されたら、いったいどうなってしまうのだろう。

不安と期待がない交ぜになり、桐生を振り回す。

急いで坂本の腕から逃げ、バスルームへと飛び込んだ。

熱いシャワーを頭から浴び、泡立てたスポンジで全身を擦る。それだけでは彼らの指やくちびるの感触は拭いきれず、熾火のような快感がじっとりと残る。

とりわけ、性器は慎重に洗った。いくら相手が坂本といえど、敏感な部分に異物を咥え込まされたのだ。あとでこっそり消毒しておこうと胸の裡で誓いながら、肌が真っ赤になるまで擦り、やっとすっきりしたところで外に出て、バスタオルを下半身に巻き、足音をひそめながらベッドルームへと入る。

クローゼットを開け、清潔な衣類を身に着け、ほっと息を漏らした。

今度こそ冷静さを失わず、仕事の話をしよう。

何度か深呼吸をし、男たちが待つリビングへと向かった。

「あ、課長、待ってましたよー」

「ずいぶんと長いバスタイムだったね。リフレッシュできたかな?」

口々に言う叶野と桑名に冷静な視線を向け、「おかげさまで」と気丈に返す。

坂本はというと、テーブルに着き、先ほど使った尿道カテーテルを消毒している。それを横目でじろっと睨み、「キャンプ飯はとりあえず成功ですね」と言った。

「朝食も作ってみたいですが、まだみんな腹がふくれているでしょう。それはまたの機会に」

「構わないよ。今度は叶野くんか僕の部屋に集まろうか」

「うわ、俺んち１ＤＫですよ。みんなが入ったらぎゅうぎゅうです」

苦笑する叶野が膝に置いたタブレットＰＣを操作し、「ふうん」と独り言を漏らす。ネットを見ているようだ。

「キャンプブームってほんとうなんですねえ。みんな、都会での窮屈な暮らしから逃避したいのかな」

「だろうね。わざわざ大きな荷物を持って不便な場所に行き、テントを張って狭い寝袋で夜を明かす――そんなデメリットを上回る魅力がキャンプにはあるんだろうね」

「いろいろ調べたんですが、最近のキャンプ場はシャワールームやトイレを完備して、初心者キャンパーでもチャレンジしやすい工夫をしているようですね。でも、その反面、キャンパー同士のマウンティングが多発してるんですって」

「へえ、どんなのだい？」

興味を抱いた桑名が、叶野のタブレットＰＣをのぞき込む。

「……なるほどなるほど、テントや焚き火台、テーブルや椅子、食器類に至るまで人気ブランドのアイテムで固めて、挙げ句の果てには照明や飾り付けにも凝るんだ」

「いわゆる、『映え』にこだわるひとが増加したみたいですね。設置したあと、いろんな角度から撮影して、おしゃれキャンプとしてSNSにアップするんですって」

「せっかく都会から離れたのに、自然の中でも人目を意識するのか。元も子もない気がするけどね」

「桑名部長の言うとおりですね。……逆に、『どれだけ安いアイテムでキャンプを楽しむか』というベテランキャンパーから長々と話を聞かされるマウンティングもあるんですって。たとえば人気アイテムでそろえているキャンパーに、『ありゃー、ずいぶんお金をかけてるんだねえ』って話しかけてきて、自分がいかに節約しながらキャンプを楽しんでいるか、とうとうと話すらしいですよ」

「地味に迷惑ですね。そういうベテランってどこのジャンルでもいるものです。初心者にあれこれ口を出してお節介してしまうひと。ちょっとしたアドバイスぐらいならありがたく聞けるけど、結局そのひとの自慢話を聞かされるとなったら、なぜわざわざ大自然のキャンプに行ったか、わからなくなります」

　彼らの会話に加わると、桑名も叶野もそろって頷く。

「こういう迷惑キャンパーに要注意ってコメントも載せましょうか」

「いいね。初心者だからって舐められたくないひともいるだろうし。今回の企画はウェブでの展開がメインだ。有名アウトドアブランドとのコラボ企画もやりたいし、キャンプにチャレンジしたいひと全員が楽しめる内容にしたいね。叶野くんが言ったようなベテランキャンパーには釘を刺す意味合いでも」

くすりと笑う桑名がソファを立つ。

「今日はだいたいこんな感じかな。美味しいキャンプ飯が簡単に作れることもわかったし、企画の打ち合わせもできた。――これ以上お邪魔すると桐生くんをますます疲れさせてしまうだろうから、そろそろおいとましようか」

「ですね」

タブレットPCをバックパックにしまった叶野も立ち上がる。

「詳しいことはオフィスで詰めましょう。アウトドアブランドのピックアップはお任せください」

「だったら、私と叶野でコラボ企画の内容を詰めよう」

「企画が固まったら、僕と桐生くんがブランドメーカーに赴くよ。それでいいかな？」

「問題ありません」

しっかりした声で返事をしながら、桑名とふたりきりになったら再びとんでもないことになりそうだなと、不埒な予感が胸をよぎる。

以前、坂本が開発した貞操帯を穿いていけば、桑名も手出しできないのではないだろうか。貞操帯の開発はあれからさらに進んでいて、錠前も変わっているため、桑名も叶野も鍵を持っていない。

自分さえ流されなければ、おおごとにはならないはずだ。

みぞおちに力を込め、桐生は深く息を吸い込んだ。

# 六章

一週間後、アウトドアブランドのコラボ企画が仕上がった。

主要なポータルサイトに大型の広告を打ち、企画サイトに誘導するという流れだ。いまはまだ寒い季節だが、春になったらキャンプに出かけたいというひとも増えてくるだろう。

そのための予習、といった感じで叶野と今回の企画を立てた。

「いいね。よくまとまってるよ。やっぱりきみと叶野くんはいいコンビだな。これを僕ときみとでアウトドアメーカーに持っていこう」

「かしこまりました」

ぴしりとしたスリーピースに身を固めた桑名が、タブレットＰＣの入ったビジネスバッグを持って席を立つ。桐生もあとに続いた。

叶野がピックアップしたアウトドア本社はお茶の水にあり、周囲もスポーツ用品やアウトドアグッズを扱うショップが多い。

さまざまなショップが入るビルの七階までエレベーターで上がると、開放感あふれるフロアが待っていた。受付で桑名が名を告げれば、男性社員がにこやかに案内してくれる。

会議室では、桑名と同年代の男性が待っていた。すぐに三名分のコーヒーが運ばれてくる。

「お忙しいところ、お時間ちょうだいして誠にありがとうございます。桑名守と申します」

「桐生義晶と申します」

そろって名刺を渡すと、男性は顔をほころばせる。

「宇都木豊と申します。本日はわざわざご足労いただいて申し訳ありません。概要はメールで伺っておりますので、早速、打ち合わせに入りましょうか」

「よろしくお願いします」

長方形のテーブルに向かい合わせに腰かけ、桑名が持参したタブレットＰＣを広げる。同じファイルを宇都木にも前もって送っておいた。

「今回は初心者から中級者キャンパーをターゲットにした企画なんですよね。初心者はいきなりテントや寝袋を買うのにためらいがあるでしょうから、レンタルを利用するのは私としてもおすすめします。ちょうどうちもキャンプグッズのレンタルプランを煮詰めていた最中なんですよ」

「伺っております。御社の商品は幅広い世代に人気があって、なおかつ初心者にも使いやすいうえに、デザインも洗練されています。まずはレンタルから始めて、慣れてきたら商品を購入していただくという流れがベストですよね」

「うちもわりと老舗のブランドなので、最初は上層部がレンタル案に反対していたんですよ。

従来どおり、ショップでじかに商品を見比べてもらって、ご購入いただくのが当然だろうと言われたんですが、ここ近年はネットショッピングも当たり前でしょう。その場合はレビューを参考にしていただくわけですが、すべてのオンラインサイトにレビュー覧があるわけではないので。ショップに足を運べず、ネットで高価なアイテムをいきなり購入する方はすくないですよね。そういう方のためにも、グッズレンタルはいいアイデアかなと思います」

宇都木が賛同してくれたことに、桐生はほっと胸を撫で下ろし、うっすらと湯気を立てているコーヒーに口をつけた。

「では、さらに案を煮詰めて、各アイテムのレンタル価格を決めていきましょう。ソロキャンパー向きのテント、二名向きのテント、四人向きのテントからいきましょうか。ここが決まったら寝袋やストーブ、ランプなどのアイテムの価格も詰めるという形で」

「わかりました。うちが貸し出せるアイテムはこちらになります。いまファイルを送りますね」

宇都木がタブレットPCを操作し、すぐに桑名と桐生のもとにグッズリストが届いた。

大物であるテントから始まり、寝泊まりに絶対必要な寝袋やストーブ、LEDライト、食器類も入っている。どれも人気ブランドらしくしゃれたデザインで、これからキャンプを始めてみようというユーザーのこころをくすぐりそうだ。

「どれもいいですね。ひとまず、私たちも一式お借りすることは可能でしょうか。今度の週末にでも初心者四人でチャレンジしてみます」

「どうぞどうぞ。では、おすすめのアイテムをそろえて御社にお送りしますね」

「ありがとうございます」

ほがらかな宇都木のおかげで順調に話が進んでいく。

ひととおり話し終えたところで、宇都木が、「キャンプ地はどちらに?」と訊ねてきた。

「先日、房総にオートキャンプできるところを見つけたので、第一候補はそこです。第二候補は軽井沢ですかね。まだ雪が残っているでしょうが、万が一のときは知り合いの別荘があるので、そこに逃げ込もうかと」

軽口を叩く桑名の言う軽井沢の別荘というのは、彼が所有しているものだろう。『一度は遊びにおいで』と以前から誘われているのだが、仕事が忙しくてなかなかその機会がない。

「房総も軽井沢もキャンプ地としては人気ですね。私もよく千葉にソロキャンしますよ」

「テントの設営とか、おひとりだと大変ではありませんか?」

桐生の素直な問いかけに、宇都木がにこにこと頷く。

「最初こそはもたもたしてしまって手間取りましたけど、あれも慣れですね。同じくソロキャンパーでやってきたひとに手伝ってもらったこともありましたし、それが縁でいい友人となったキャンプ仲間がいます。基本は気軽なソロキャンなんですが、ちょっと遠出したいときはその友人を誘うことが多いですね。交代で車を運転できますし、荷物も分担して持っていくことができるのでありがたいです」

「気の合う仲間がいるのはいいですね」

　桑名が頷き、「ね」と桐生を振り返る。その色香あるまなざしに胸が弾むが、宇都木がいることもあって、妙な動揺を悟られないように気を引き締めた。

「それでは、今日はこのへんで」

「ほんとうにありがとうございました。お借りするグッズ、大切に使わせていただきます」

「忌憚ない意見をお聞かせください。うちとしても、グッズ向上に反映させていきたいので」

　そろって立ち上がり、頭を下げた。

　メーカーを辞去したあとは、近隣のアウトドアショップを見て回ることにした。

　どこも季節先取りで、早くもスプリングシーズンのグッズやウェアを打ち出している。

「そうか、キャンプだと服も変わるものなんですよね。動きやすくて機能的なキャンプウェアも特集に組み込みましょうか」

「そうだね。ウェアも安価なものから高価なものまで幅広い。今回は初心者が手を出しやすい価格帯のウェアをメインにしつつ、いずれはもっといい物に、と考えたときのためにもハイブランドも一緒に並べよう」

　話がすぐにまとまる桑名はいい上司だと思う。

　頭の回転も速いし、懐も深い。

そういう点では部下の叶野もできる男だ。桐生が指示したこと以上の結果をたたき出し、いつも満足いくレポートを仕上げてくる。

ああ見えて、叶野は字が綺麗だ。桑名に憧れて、名のある万年筆(まんねんひつ)を買ったと聞いている。ほとんどの書類はパソコンから打ち出したものだが、ちょっとしたことを書き添えたり、サインするときに直筆(じきひつ)を見ることがある。

桑名も字が綺麗なので、その点を見習ったのだと思う。

いい上司と部下に恵まれた自分は相当ラッキーだ。

あらためて、この仕事が好きだと実感する。

確かに桑名も叶野も一筋縄(ひとすじなわ)ではいかないが、仕事の面では絶対的に信用できる。交渉(こうしょう)が順調に進んで桑名もほっとしているのだろう。ふたりしてお茶の水駅近くのイタリアンレストランに入り、ランチを食べながらあれこれ話した。

「今度の週末、僕と叶野くん、きみと坂本くんの四人で房総にキャンプしに行こう」

「……坂本、必要でしょうか」

「僕たちの中では一番料理上手だからね。もちろん、この間、きみが作ってくれた野菜たっぷりラーメンも美味しかったけれど、万が一のこともあるだろう。四人いればなにかトラブルが起きても対処(たいしょ)できるし、テント張りも楽だ。桐生くんはいやかな？」

「いや、ではないのですが」

仕事はできる――しかしこれ以上なく危険な男が三人も集まったらどうなることか。火を見るよりも明らかだ。

しかしここで意固地になるのも大人げない。

桑名が言うとおり、坂本は料理上手だ。この間はたまたま桐生がラーメン作りに成功したけれど、坂本だったらもっと凝った料理を出してくれるに違いない。

せっかくの初キャンプだ。絶景を拝みながら美味しい食事をしたいという欲望もある。

「わかりました。坂本にも伝えておきます」

「ありがとう。夜は桐生くんのラーメンで、翌朝は坂本くんに腕を振るってもらおうかな。人気ブランドからグッズも借りられるし、初心者キャンパーにとってはなんとも贅沢だ。楽しみだね」

「はい」

頷きながらランチを綺麗に食べ終え、帰社することにした。

夕方、電車は混雑している。

以前、混んだ車内で痴漢に間違われたことはいまでも強く記憶に残っているので、ビジネスバッグを両手で胸の前で抱え、扉の奥まで入っていった。そのあとを桑名がついてくる。

男性ふたりが接近していれば、周囲の女性は安心だろう。

学生服やスーツ姿の男女とともに駅を通過する間、スマートフォンは見ない。両手がふさがっていることもあるし、車両の上部にはニュースが流れるディスプレイがあるので退屈しない。
それに、会社まではそう遠くないのだし——そう思って、明日の天気予報に見入っているときだった。

さわ、と下肢になにかが触れる。

誰かの鞄だろうか。

失礼にならない程度に身をよじったのに、また、さわ、と下肢を触られた。そこで初めて、手で触られているのだと気づいた。

もしや、痴漢か。

内心焦り、あたりをきょろきょろ見回すが、みんなスマートフォンに視線を落としている。

「どうかした?」

真後ろにいる桑名が不思議そうな顔を向けてきた。その声に偽りは感じられなかったから、

「い、いえ」と作り笑いをする。

誰が触っているのだ。視線を下に向けたいが、乗客同士、身体が密着していて叶わない。

器用に動く手がジッパーの上からじわじわと性器の形をなぞり、浮き上がらせていく。

「……っ」

こんなところで感じるわけにはいかないから、奥歯をぐっと噛み締めた。

どこの誰とも知らない者の手で昂るはずがない。

しかし、指は的確に桐生の快感を暴き立て、じっくりと時間をかけて硬くさせたあと、ひそかな音を立ててジッパーを下ろしてきた。

「……ぁ……」

中にもぐり込んで、ボクサーパンツの前を割り、直に肉竿に触れてくる手がしっとりと熱い。そのまま性器を露出させられ、ゆっくりと根元から扱き上げられる。

突然遅いかかってきた官能に歯噛みをし、息が荒くなるのをなんとか堪えた。

表向きは冷徹な顔をしたサラリーマンが、まさか電車内で勃起したペニスを剝き出しにされ、わっかにした指でじゅくじゅくと扱かれて喘ぎ声を殺しているなんて周囲にバレたら、一切合切が終わりになる。

それでも快感は鋭く、斜めに反り返る性器の先端の割れ目をくちゅくちゅとくすぐられる。

「……は……っぁ……」

目の前は扉だ。逃げたくても逃げられない状況で昂らされ、腰が揺れてしまう。

くちびるを必死に噛んで熱っぽい息を殺し続けた。

早く、早く次の駅に停まってほしい。そうしたら鞄で前を隠し、急いで逃げるのに。

うつむき、胸に溜まった息を細く吐いた。桐生の意思とは裏腹に肉竿は硬く勃ち、先端からとろっとしたしずくをあふれさせる。

スラックスを汚したらいけない。その一心で思わずいたずらな手を摑むと、斜め上からくすりと笑い声が聞こえてきた。

「桐生くんはほんとうにいけない子だね。こんなに混雑した車内で性器を弄られて勃起するなんて」

「……部長……！」

楽しげに囁くのは、間違いなく桑名だった。

驚いて肩越しに振り返るのと同時に下着ごとスラックスをずり下ろされ、尻が剝き出しになる。

「な……っ」

こんなところで繫がろうというのか。

驚愕する桐生の耳元で桑名はくすくす笑い、「挿れたいけど、そこまではしないよ。でもね」と言う。

「きみのいやらしい身体にお仕置きをしておかないとね」

「なにを――部長、……っ」

「これがわかるかい？」

目の前に、丸みを帯びたピンク色の物体を突き出された。男性の第二関節ほどの長さがあり、そう大きいわけではないが、中に挿入されたら声が出てしまいそうだ。

「な、なんです、か……これ……」

「ローターだよ。ワイヤレスでできている。こういうの、坂本くんに挿れられたことはあるかな？」

「な、いです……っ」

懸命に頭を横に振ったが、そんな抵抗も桑名を楽しませるだけだ。

「この大きさならきみの可愛いあそこを傷つけることなく、気持ちよくしてあげられる。このローターを咥え込んで、メスイキしてしまうきみが見たいな。もちろん、射精してもいいんだよ。こっち側の扉はしばらく開かない。きみの精液で扉をべったり汚してごらん。大丈夫、始末は僕がしてあげるから」

「そ、んな……ことは……っ」

抗う間もグチュグチュと扱かれて、ああ、とかすかな声を漏らして扉をひっかいた。

とろとろとあふれる先走りを指に移し取った桑名が、窮屈に締まる窄まりに触れてくる。

「しっかり閉じているようだね。きみが僕たち以外の誰ともしていない証拠だ。自分でも指を挿れたりしないのかい？」

「し、ない、です……っあ、あ、いやだ、ゆる、してくださ、い……」

「でも、扱くことぐらいはするだろう？」

言いながら桑名がそうっと窄まりを撫で回し、ぬぐぬぐと挿入してくる。

「僕たちに食われることを想像しながら、パンパンにふくらんだペニスを夢中で扱くことはすいのだ。

そんなことをする以前に坂本に搾り取られる。たとえ中途半端に触れられて不完全燃焼に陥ったとしても、自分でする気持ちよさに目覚めてしまったら、あとには引けない気がして、怖いのだ。

しない、けっしてしない。

「んっ、んっ、あ、ぅ」

「そんなきみが見てみたいな……今度、坂本くんに頼んで隠しカメラを仕掛けてもらおうか。きみを昂らせるだけ昂らせて放置して、弄りたくてたまらないきみが見たい。前もうしろも疼いて……こんなふうに」

指でほぐしたそこに、つぷりと硬いものが挿ってきた。

「あ……！」

ぐぐぐ、と押し込まれて、きゅうっと締めつけてしまう。入り口は狭かったが、指とともに押し込まれるローターが中程まで届くと、すっと収まり、そこで動かなくなる。

息を詰めると、異物感が大きくなった。力めば力むほど意識してしまうと感じて、深く息を吐いた瞬間だった。

ブゥン……と低い音が身体の奥で響き出し、思わず背を反らした。

「う……ぁ……っ！」

ぶるぶると小刻みに震え、媚肉を抉るローターの無機質さにじっとりと冷たい汗が浮かぶ。

普段、意識していない場所を擦られる心地好さといったら、声にならない。

気持ちいいと感じるようになったのは、背後に立ってひそやかに笑う桑名のせいだ。

「んぅ……う……ぁ……はぁ……っ」

ほしいところまでは届かないのがもどかしい。ぐりぐりと淫らに動くおもちゃの振動に合わせて腰が揺れそうだ。

「こら、周りにきみが淫乱だとバレてしまうよ」

「く……っ！」

だったらいますぐこのローターを引き抜いてほしい。

そう願うのに、ローターは微弱に震え続け、肉襞を火照らせていく。

それと同時に肉竿をゆるゆると扱かれて、あまりの快感に頭のうしろのほうが白く発熱して、なにも考えられない。

「気持ちいい？」

「……い、いい……っあ、部長、奥、……奥、に……」

蕩けた意識では、まともなことも考えられない。

「僕に挿れてほしいんだね。でも、そうするにはさすがにスペースが足りないから、我慢するんだよ。ローターと僕の指で達するんだ」

「でも……でも……っ」

前に回った指がいやらしくペニスに巻きつき、扱き上げる。

「イきたいかな？　射精する？」

「んん、ん……！」

頭を激しく振った。ここで射精してしまったら、すべてが終わりだ。

しかしローターは止まらず、手淫はねっとりと強くなり、きぃんと激しい快感が全身を駆け抜ける。

「っ、っ、あ……！」

がりっと扉を引っかいたのと同時に絶頂に押し上げられた。ぎゅっとわっかにした指でくびれを締めつけられたので射精はできなかったが、びくびくっと身体が震えるほどの快感がほとばしり、頭の中でいくつもの火花が散る。

「メスイキできたんだね」

甘い囁きにがくがくと膝が笑う。

射精していないのがおかしいぐらいの快感だった。もう、全身が汗だくだ。

これまでは絶対に出させてもらえていたから、達したあとはすうっと頭が冷えていた。しかし、いまはどこにもいけない熱が身体中でぐるぐると回り続け、桐生を狂おしくさせる。

惜しむように肉竿をやさしく擦られるたびに軽く達した。ぶるっと反り返る肉棒をなんとかボクサーパンツの中に収めた桑名がスラックスを引き上げてくれる。

「ローターも抜いてほしいだろう？」

こくこくと頷く。

「だったら次の駅で降りて、近くのホテルに入ろう。そこでゆっくりときみの中からローターを引き抜いて、僕をあげるよ」

ぼうっと桑名を見つめるしかなかった。

なにをされても、いまは喘いでしまう。

「きみの可愛い乳首を吸いたくて、僕もうずうずしているんだ」

その声にもひくんと達し、桐生は引き寄せられるまま、桑名に身体を預けた。


くたくたになってマンションに戻ると、「おう、お疲れ」と声がかかった。

坂本がエプロンを身に着け、両手をふきんで拭きながら顔を出す。

「どうした、ぐったりしてるな」

「いろいろあって……疲れた」

「最近ほんと忙しいよな。お疲れお疲れ」

靴を脱ぐ桐生の頭をぽんぽんと叩きながら、「今夜はビーフシチューだぞ」と坂本が言う。

「夕食の前に風呂に入ってこいよ」

「うん……」

あのあと、桑名には散々抱かれた。卑猥な言葉をあれこれ言わされたあげく、またもローターで責められ、何度も絶頂に達した。しかし、桑名は一向に繋がってこようとしなかった。

なにかを企んでいるような笑みを浮かべ、『僕はきみのイキ顔を見るだけでも満足なんだよ』と悠然としていた。

男にたっぷり貫かれたい――本能ではそう思うが、絶対に口にはできない。

叶野に。

桑名に。

――坂本に。

死んでも口にできない言葉を呑み込んで風呂に浸かり、ほかほかと湯気を立てるビーフシチューを平らげた。

自分では気づかなかったが、思ったより空腹だったのだろう。坂本が笑いながらおかわりを注いでくれ、二杯目はゆっくり味わいながら食べた。

食事中、テーブルの端に置いていたスマートフォンが振動する。

視線を向けると、【守】と表示されていた。ＳＭクラブの守だ。そういえばこの間からちょくちょくメッセージが届いていたが、不穏な気配を察して一通も読んでいない。桑名からは、『会いたいそうだよ』と聞いているが。

ふたりで会って話しても、なにかいいことがあるとは到底思えないのだが。

とりあえず一通ぐらい読んでおくかとスマートフォンを操作すると、最新のメッセージには、『ふたりで会いませんか。ぜひあなたとお話ししたくて』とあった。

なにを話したいのか、詳細は書かれていない。

一瞬悩んだものの、ひとまず返事はしないでおいた。

ここで守ともつき合いを始めたら、さらに面倒なことになりそうだ。

「ごちそうさま。美味しかったよ。もう寝る」

「ちょっと待て」

ふらつく身体を抱き留められ、驚いて坂本を見上げると、にやりと笑いかけられた。

「今日はどこでなにをしてきた？」

「え……」

「色気が出まくりなんだよ、おまえ。やらしい匂いがぷんぷんしてる」

「そ、そんなことない。ちゃんと風呂に入ったし」

「ふぅん……？　じゃ、こういうことをされても平気でいられるよな」

傲然と椅子に座り直した坂本が大きく足を開き、その間に桐生を引き寄せる。床に膝をついた格好の桐生は、戸惑いながら坂本の太腿に手を置いた。

「なに、するつもりなんだ」

「たまにはおまえにしゃぶらせてやろうかと思って」

「な……！」

見ている前で坂本は平然とルームウェアのズボンを下着ごとずり下ろし、半勃ちした性器をゆるゆると扱き出す。

十年間、不毛な恋ごころを傾けた男のものを間近で見る機会は、そうない。

過去何度か、三人に抱かれたとき、彼のものをしゃぶったことがあるが、家では一度もなかった。

目を瞠る桐生の前で、坂本のものが濃いくさむらを押し分けてむくりと嵩を増し、凶悪な形へと育っていく。

張り出したカリは見事なもので、幾筋も浮いた血管が淫らにくねっている。坂本の大きな手でもぎりぎり摑めるかというほどの太さを誇る肉棒の赤黒さに圧倒され、彼の太腿を強く摑んだ。

「おいおい、かぶりつきかよお客さん。いいぜ、ゆっくり楽しみな」

「……どう、したら……いいんだ」

「そうだな。まずは舌を細く突き出して、先端の割れ目を舐めてみろ。おまえも感じるとこだ」

「……ん」

これは坂本の命令だから、従わねばならない。

そう自分に言い聞かせ、太い竿の先端にしゃぶりついた。

細く尖らせた舌で割れ目を抉ると、あとからあとから先走りがあふれ出す。とろみのあるそれが美味しいと感じるなんて、自分も変わってしまった。

坂本が満足そうな息を漏らし、額に垂れ落ちた桐生の髪をぐいっとかき上げてくる。

「ハハ、すげーエロ顔。男の性器をそんなに美味そうに咥え込む奴は初めて見たぜ」

「ん、っ、んっ」

軽く腰を突き出されるせいで、口の中が坂本でいっぱいになる。

フェラチオを求められるのは、桑名以来だ。

むせかえるような雄の匂いに酔いしれながら、両手で彼のものを握り、扱き下ろす。根元まで咥え込むにはあまりにも大きすぎるから、可能なかぎり口に含んだ。

ちらっと見上げると、坂本と視線が絡み合う。

笑いながらも冷ややかな目で、桐生の痴態をあますことなく見つめる坂本を昂らせたい。

「ふ……、っ、ぅ、ん、っんん、っ……っ」

両手の中で熱く育つ肉竿をちゅぱちゅぱとしゃぶっていると、股間がジン……と熱くなる。

もじもじと腰を揺らしたのを見たのだろう。椅子の手すりに肘をつき、もう片方の手で桐生の髪をかき回してくる坂本は楽しげだ。

「おまえも感じたのか」

「ち、が……っん！」

「ちゃんとしゃぶれ。おまえのために珍しく勃ててやったんだよ」

「う……」

頭をぐっと押さえ込まれ、肉棒で喉奥を突かれて涙が浮かんでくる。

苦しいのに、離したくない。

坂本が言うように、彼が昂るなんて珍しいのだ。たいていは桐生の身体を使って、さまざまなおもちゃを試し、その反応を見て喜ぶぐらいだ。

十年近くも同居しているのに、坂本が自慰している場面は一度も見たことがない。

――私のために大きくしてくれてる。

そう思ったら胸の奥が熱くなり、もっと淫らになりたくなってしまう。

顔を傾けて舌を大きくのぞかせて竿に這わせ、ねっとりと舐り下ろす。

坂本によく見えるように。

いま、もし、これで貫かれたら。

夢想するだけで腰が揺れ、射精しそうだ。まだ、この身体には桑名の指や舌の感触が残っていて、決定打を与えてくれそうな坂本にすがりたくなる。

そんな桐生の胸の裡を見抜いたのだろう。坂本が薄く笑い、スマートフォンを手に取る。

「しっかり録画してやるから安心しろ。叶野と桑名にも見せてやる」

「や、……っ、いやだ、撮るな……！」

「撮られたらもっと燃えるんだろ？」

目尻が熱くなる。媚態を記録に残されることは屈辱でしかないのに、これを見る男たちが昂るところを想像すると、熱くなるのだ。

「ほら、しゃぶりながらこっち見ろ」

「っん、んぁっ、……あぁっ」

「俺の×××、美味しいだろ」

「う、く……っ」

そんなはしたないこと言えるか。

「答えないとやめるぞ」

ずるぅっと抜かれる感覚に慌てて追いすがり、肉棒をしゃぶり直した。

「……おい、し……い」

「なにが」

「……ッ……」

「はっきり言え。これを見る奴らのためにもな」

「……ッこれ、坂本の……×××、太くて……、おいし、い……っ」

言い終えるなり、ずんっと突かれた。

口内を満たす肉棒の熱さに我を失いそうだ。

じゅぽじゅぽと音が響く卑猥なフェラチオを強いる坂本が、髪をくしゃくしゃとかき回してくる。

「おまえもガチガチなんだろ。見せろ。んで、自分で扱け」

「そ、んな……っおまえ……！」

「言うとおりにしないと、もうしゃぶらせないぞ」

坂本は言葉をひるがえさない男だ。

抗えば、もう二度と触れさせてもらえないだろう。

羞恥に悶(もだ)えながらパジャマのズボンを脱ぎ落とし、昂った性器をあらわにした。

「さか、もと……っ」

「見てください、と言え」

「う、う、……み、見て、ほしい……」

「先っぽがとろっとろだぞ」

押さえきれない荒い息遣いが自分でも恥ずかしい。

「いやらしく扱きながら舐めろ。イかせてやる」

「……っん……」

色香に潤んだ目で坂本を見つめながら猛ったものに舌を這わせ、もう片方の手でぎこちなく肉竿を擦り上げる。

そこはもう坂本の言うとおり張り詰めていて、いまにも弾けそうだ。

「いい顔をするようになったな。おまえのそういう顔、俺は好きだぜ。乳首はどうなってる？」

すうっと頰を撫でる人差し指がやさしい。

クズの坂本に人並みの愛情を求めてもむなしいだけなのに、この指先には勘違いしそうだ。

震える指で胸元をはだけた。

「うん、勃ってる。男なのに真っ赤にふくらませて、ほんとエロいよな。触ってやりたいけど、今夜はこっちな」

ぐっぐっと腰を押し込んでくる坂本に合わせ、とろみをこぼす性器を懸命に扱く。頭の中は達することでいっぱいだ。

坂本が深く息を吐き出す。

「出すぞ。全部飲めよ」

「んん――……っ！」

頭をがっちり押さえ込まれ、身動きが取れない。

頬張った肉竿からどくんと熱い白濁が飛び出して、口腔を満たしたのが引き金になり、桐生も高みへと追い詰められ、一気に吐き出した。

「っふ、ぅ、う、ん……っはぁ……っ」

坂本のものをしゃぶり尽くす間、桐生自身、びゅっびゅっと放ち、おのれの手を濡らす。

ずるりと抜け出ていく濡れた肉竿はまだ硬度を保っていて、顔中に強くなすりつけられた。

坂本もすこしは興奮しているのだろう。肉棒の熱さでそうとわかる。

「はぁ……っ」

「たくさん出したな」

「床……汚した」

「俺が掃除してやるから、おまえはもう一度シャワーを浴びて寝ろ。ぐっすり寝られるんじゃないか?」

「……うん」

身体の奥でくすぶっていた熱に、坂本は気づいていたのだろうか。

貫かれることでしか得られない悦びは手にできなかったけれど、桑名に徹底的に嬲られた身体を坂本にもいたぶられ、射精欲を満たすことができた。

――ほんとうは、挿れてほしかった。

そんなことが言えていたら、自分ではない。

白濁で汚した床から目をそむけ、桐生はふらつきながら立ち上がった。

坂本に触ってもらえなかった胸の尖りがジンジン疼いていたけれど、いまにも眠りに引き込まれそうだ。

背後で、坂本がくすりと笑う気配がした。

# 七章

約束した日は朝から綺麗に晴れ上がった。

桐生のマンションに、七人乗りのＳＵＶ車をレンタルした叶野と桑名がやってきて、ボストンバッグを提げた坂本と一緒に乗り込んだ。

全員、アウトドア向けのブルゾンと保温性の高いパンツを身に着けていた。

四人で出かけるのは久しぶりだ。

一泊二日、いったいどうなることかと内心悩んだあげく、ひそかに坂本製の貞操帯を穿いていくことにした。なめらかな革で作られており、実際に穿くとぴったりと腰骨のところに引っかかる。

前面からぐるりとうしろまでジッパーがついており、つまみの先端にはちいさくても頑丈な錠前がついている。これを開ける鍵は自分だけが隠し持つことにした。

誰にも見つからないように財布の小銭入れに鍵をしまい込み、なに食わぬ顔で叶野たちに挨拶をした。

「行きは俺に任せてください。安全運転で皆さんをお運びします」

「任せたぞ、わんこ」

「わんわん」

坂本に機嫌よく返事する叶野に冷や汗を流し、「帰りは私が運転する」と言った。

「いや、僕が運転しよう。こう見えてもゴールド免許だよ」

「いえ、上司に運転していただくのはさすがに申し訳なく……」

「いいんだよ。日頃きみたちには走り回ってもらっているし、こういうときぐらい上司が率先して動かないとね」

「だってよ。ま、桑名さんの言うとおりにしておけよ」

ぽんぽんと気さくに肩を叩いてくる坂本が憎らしい。

そもそもこいつが乳首を育て始めなかったら、いま、こんな窮地に立たされてはいないのだ。

ぐっとくちびるを噛んでうつむき、車窓の外を眺めるふりをした。

車は順調な走りを見せ、房総半島へと向かっていく。

途中、サービスエリアに寄り、一服させてもらった。普段、煙草を吸わない叶野と坂本は冬空の下、ソフトクリームを美味しそうに舐めていたのがちょっと可笑しかった。

キャンプ地には昼前に着いた。

オフシーズンなので、ほとんどひとはいない。広い敷地内に停まっている車は二台ぐらいだ。

みんなで荷物を運び出し、あらかじめ決めていた場所にテントを張ることにした。

「叶野、やるぞ」

「はい。坂本さん、桑名部長、ちょっと待っててくださいね」

「僕も手伝うよ」

「俺も」

肩をぐるぐる回しながら坂本たちが近づいてきて、テントの端を掴む。いっせいに四人で引っ張ってテントを広げ、ふわりと空気を含ませた。

そこからは手順に従って仕上げていき、ペグを地面に打ち込めば完成だ。

「おお、バッチリじゃん。中、入っていいか？」

「どうぞどうぞ」

珍しくはしゃいでいる坂本が一番乗りでテントに入る。

「おー、広い。これなら四人で寝られそうだな」

「中でごはんは食べられそう？」

「それは外のほうがいいかもな」

坂本が満足そうに振り返り、「寝袋も先に敷いとこう」と言う。

「ふかふかにしておいたほうがいいだろ？」

「だったらそれは桑名部長と坂本さんにお願いして、俺と課長は早めに夕飯作りに取りかかりましょうか」

「そうだな」

車から運んできたクーラーボックスを開け、野菜を取り出す。今夜も、すぐに食べられる野菜ラーメンにしようと相談していたのだが、『初キャンプだし、もうすこし豪勢にしましょうか』と叶野が提案したことで、クラムチャウダー鍋を作ることにした。

あさりは缶詰のものを使うことにして、あらかじめ家で切っておいたニンジンやジャガイモ、キャベツにしめじを共同の洗い場でもう一度丁寧に洗い、鍋に移す。

家ではないので、蛇口から出てくるのは冷たい水だ。かじかんだ指先に息を吹きかけ、急いで鍋を叶野のもとへと運んだ。

ガスコンロを設置し終えた叶野が「お、ありがとうございます」と笑顔で鍋を受け取る。

「寒いでしょ。コンロのそばへどうぞ」

「ありがとう、助かる。すこししか水仕事をしていないのに指先が冷えた」

「ですよね。俺もマフラーぐるぐる巻き」

「火に気をつけろよ」

ああだこうだ言いながら、火にかけた鍋の具材をときどきお玉でかき回す。

「美味しそうな匂いしてきたー。ごはんは坂本さんが用意してくれてるんでしたっけ」

「ああ、かしわめしでおにぎりを作ってたな。私もいくつか握った」

まだ冷えている両手を火にかざすと、叶野が可笑しそうに肩を揺らす。

「課長が握ったおにぎり、俺、すぐにあてられちゃいそうです。ちょっと固めに、ぎゅっぎゅって握ってあるんですよね、きっと。真面目な課長らしいおにぎり」

「だったら坂本のおにぎりは？　どんな感じなんだ」

「大きな手をしてますからね、坂本さん。ふんわり空気を含ませながら握ってくれてるんじゃないかな。余裕ある坂本さんらしく」

「おにぎりにも性格が出るのか」

「楽しみですね」

具材が煮えるまで、そろってアウトドアチェアに腰を下ろした。じっとしていると寒いから、フリース素材の膝掛けをたぐり寄せる。

「静かだなぁ……」

「ですねえ」

椅子に背を預け、空を見上げる。澄んだ空気は冷たいけれど、凛としていて心地好い。

海に面したオートキャンプ地だから、寄せては返す波の音が静かに聞こえてくる。ほかにはなにもなくて、コンロの火がぱちぱちと爆ぜる音がやけに大きく響く。

コンロのちいさな火に見入っている間、穏やかな時間が流れた。

「夜、焚き火したいですね。前に桑名部長と俺と三人でグランピングに行ったときもやったの、覚えてます？」

「ああ、覚えてるが、私たちでできるか」

「あそこ、ほら」

叶野が指さすほうに薪(まき)が積んであるのが見えた。

「ここを使うひとは、焚き火していいんですって」

「へえ、いいな」

「また、焚き火でマシュマロ焼いてみんなで食べましょうよ。ブランデーと合いますよ」

「美味しいよな、あれ」

「外はカリッ、中はとろとろ、めちゃくちゃ美味しいですよね。ふふ、ちょっと課長みたいです。外側はお堅(かた)いのに、一皮剝(む)けば誰よりもエッチになっちゃう」

「こら、叶野！」

思わず小突(こづ)こうとすると、叶野が笑いながら身を引く。

「おーおー、仲よくやってんじゃねえか。夕飯は大丈夫か？」

「あ、バッチリでーす」

テントの中から顔を出した坂本と桑名に、叶野が元気よく手を振る。

「こっちもバッチリだ。みんな夜は暖(あたた)かくして眠れるぞ」

「ありがとうございます。桑名部長にまでお手間を取らせて」

「たまには積極的に身体を動かさないとね」

桑名が手をはたいてテントから出てくる。

叶野がてきぱきと動き、全員のために熱いコーヒーを淹れて配った。

ひんやりした空気の中、熱々のコーヒーを味わいながら、なんでもないことを話し合う。

そんな自然な空気は貴重だから、しみじみと感慨に浸った。

思えばこの関係も不思議なものだ。

三人の男が自分を巡ってさまざまなことをしでかしていると思うと、ちょっと面白い。

叶野も、桑名も、坂本も、みんな異なる個性を持ち、相手にはけっして困らないだろうに、なぜか自分に執着している。

そこまで考え、ふと胸に手を当てた。

――ここに、みんな執着している。どうしてなんだ。普通の男の胸なのに。

その仕草にめざとく気づいた桑名が、ツンと胸をつついてくる。

「きみのここを巡って僕たちは仲よく争ってるよね。いつも誰が先に手を出すか、牽制し合ってるんだ」

「ですよね。隙あらば課長をどこかに連れ込みたいです。その点、坂本さんはいいなあ。課長のプライベートを独占してるんですもんね」

「羨ましいか」

くすりと笑って坂本が眼鏡を押し上げる。

「おはようからおやすみまで俺が世話しているんだ。俺がいないとこいつはなにもできないからな」

「逆だろう。おまえを住まわせてやってるのは誰だと思ってるんだ。私だぞ」

「間借りしてるのは認めるけど、家事のすべてを担(にな)っているのは俺だろ？　朝、気持ちよく起きて腹ぺこのおまえに美味(うま)いメシを食わせるのは俺。仕事で疲れて帰ってくるおまえが綺麗な風呂に入れるのも俺のおかげ。夜、ぐっすり眠れるようにベッドを整えておくのも俺。どうだ、おまえの毎日は俺でできてるだろ」

「……く」

そう言われると返す言葉もない。

口をつぐんだ桐生の顔をのぞき込んでくる坂本が、意味深(いみしん)に頬(ほお)に指をすべらせてくる。

「そもそもおまえの性感帯(せいかんたい)を開発したのは俺だ。感謝(かんしゃ)してほしいな」

「……坂本！」

まだ陽(ひ)も落ちてないうちから淫(みだ)らな言葉を囁(ささや)かれ、たちまち身体の芯(しん)が熱くなる。

それをきっかけにほかのふたりも目を輝かせ、身を乗り出してきた。

「夜になるのが待てないな……」

「いまここでひん剝いちゃいましょうか」

「ま、待ってください。ほら、鍋ができてます」

慌（あわ）てててくつくつ煮えている鍋を指した。いい匂いに意識が三人とも逸（そ）れたのだろう。にやにやと笑い出す。

「うまい具合に話を逸らしたな、桐生。あとで覚えとけよ」

「たっくさん食べてスタミナつけましょ」

「夜は長いしね」

三者三様のわくわくした声に、桐生はそっとため息をついた。

ほかほかのクラムチャウダー鍋とおにぎりを食べ終えたあとは、叶野と坂本が薪を積んで、うまいこと火をつけてくれた。

ゆらゆら揺れる真っ赤な炎（ほのお）は暖かく、じっと見ていると引き込まれそうだ。

夕食後の後片付けも叶野と坂本が『任せろ』と言ってくれたので、桐生は桑名とともに火のそばでマシュマロを焼き、キャンプ企画について話し合った。

「初心者だと焚き火は難しいかな」

「ですね。今回はたまたま叶野と坂本が上手に火付けをしてくれましたけど、後片付けも大変でしょうし。でも、この雰囲気（ふんいき）は味わってほしいですよね。焚き火は秋冬キャンプの醍醐味（だいごみ）です」

「だね。ＬＥＤランプで焚き火に近いものを表現できるアイテムがあるといいんだが」

「探してみます」

こうして仕事の話をしている間は、桑名もよき上司だ。落ち着いていて威厳があり、自分もこんな大人の男になりたいと思わせてくれる。

「後片付け、終わったぞ。焚き火もいいが、テント内でストーブを焚いてトランプでもやらないか？」

「キャンプの夜はやっぱりトランプですよね」

坂本と叶野の言葉に苦笑して頷き、焚き火を丁寧に消してからテント内に入った。

「思ったより広い……」

「だよな。大の大人四人が入っても余裕だ」

四人で車座になり、端でストーブを点ける。換気のために入り口を細く開けておいた。

叶野がトランプを配り、ババ抜き、神経衰弱、ポーカーと楽しむうちに夜が更けていった。

桑名が持ってきたブランデーをゆっくり飲む。ストーブも手伝って、身体がじんわりと熱い。

「はぁ……暑い」

テント内に立ちこめる熱気にのぼせそうで、首をそらしながらブルゾンの襟元をすこし開いたときだった。

全員の視線がいっせいに集中したことにびくっと身をすくめ、急いで襟元を閉じたが、もう遅かった。

両隣から手が伸びてきて、桑名と叶野に押さえ込まれる。

「いまのって、課長からのお誘いですか?」

「僕はそう見てとったが。もう素肌をさらしたいんだね、桐生くん」

「ちが、違います、待ってください」

急いで身体を引こうとしたが、テント内ということもあって逃げようもない。

坂本は散らばったトランプを拾い集め、余裕綽々といった風で、「諦めろ」と酷な感じで笑う。

「叶野も桑名さんもおまえが食いたくてうずうずしてたんだ。桐生だって、四人で集まるとなったら、こうなることはわかってただろ?」

「……っ」

「課長、俺、今日はよく働いたでしょう? ご褒美がほしいです」

「僕もほしいな」

両側から熱く囁かれ、ぞくりと身体が震えた。

逃げなければ。一目散にテントを出て、車に逃げ込んで、なんだったら三人を置き去りにしてひとり家に帰ってしまってもいい。

じわじわと迫ってくる男たちから逃れようとした瞬間、待ちきれない様子の叶野が桐生のブルゾンのジッパーを一気に引き下ろす。中は保温性の高いタートルネックのフリースTシャツ一枚だ。それをまくり上げる叶野が舌なめずりをする。

「課長の乳首だ……触る前は可愛いピンクなんですね。乳頭がまだちいさい」

「触ったり舐めたりするうちに、いやらしくふくらむんだね」

桑名ものぞき込んできて、楽しそうに乳首をツンツンとつつく。

「とても美味しそうな乳首だよ。もう舐めてもいいかな?」

「ぜひ、桑名部長からどうぞ」

にじり寄ってくる桑名が指先で乳首を捏ねて押しつぶし、いくらか芯が入ったところでちゅうっと口に含んだ。

「……っぁ……!」

テクニシャンな桑名らしい舌遣いに思わず声を上げた。

れろれろといやらしく舐め回され、腰裏がジンジンしてくる。熱い口の中でちゅくちゅくと吸われたり、軽く噛まれたりするだけで強い情欲がこみ上げてくるのが自分でも怖い。

「……っ……いや、です……こんな、ところで……」

気を抜くとはしたなく乱れてしまいそうだ。

「大丈夫。野外とはいえ、ここには僕らしかいない」

「でも、……でもっ、ほかのキャンパーが……」

「しー。課長が大きな喘ぎ声を上げなければバレませんよ。ねえ、ここ最近ずっと挿れさせてもらってないですよね。ここで課長のあそこをズボズボしたいなぁ……」

「う……っく……」

叶野の破廉恥な囁きには、ねっとりした欲情が混ざっていて、煽られそうだ。

確かに、しばらく男に貫かれていない。

口でしたり、されたりしたが、身体の奥底から熱くなるあの感覚は最近味わっていない。

……してほしい。

はあはあと喘ぎ、息を深く吸い込もうとしたが、うまくいかない。

叶野の太い熱杭を咥え込まされたら、一瞬のうちに達しそうだ。

身をよじり、桑名の舌から逃れようとしても、長い舌はどこまでも追ってくる。くちゅくちゅと嬲られているうちに先端が重たげにふるっと揺れ、淫らに腫れ上がっていく。

「男に嚙まれたがっている乳首だね。なんていやらしいんだ」

桑名が笑い、がじりと嚙みついてくる。その甘苦しい衝撃に、あ、あ、と声を上げ、身悶えた。何度いたぶられても、肉芽への刺激はいつだって新鮮だ。

「……やぁ……っあぁ……、あっ、あぁぁ……っ」

くにくにと乳首を揉み込まれ、腰が浮いてしまう。

すかさずそれを坂本が正面から押さえ込み、ズボンのジッパーをじりじりともったいをつけて下ろしていった。

半分ほどまで下りたところで、じゅわっと背中に汗が滲む。

——忘れてた。貞操帯を穿いていたんだ。

「バカ、坂本、やめろ！」

「なんで。ここまで来て我慢できるのか？　……っと、これはこれは」

ヒュウ、と楽しげに口笛を吹く坂本が素早くズボンを引き下ろし、桐生の秘められた場所をあらわにした。

「見ろよ、これ」

「ん？」

「……あー、あれ？　課長、もしかしてこれ、自分で穿いてきたんですか？」

三人の視線が下肢に集まり、むくりと硬くなるのを感じる。いったい、いつからこんなにはしたない身体になったのか。おのれを恥じるが、叶野が人差し指で肉竿部分の形をいたずらっぽくなぞってきたことで、どっと汗が噴き出る。

感じれば感じるほど、貞操帯がきつく食い込んでくるとわかっていて、止められない。

「やーらし……課長、この貞操帯気に入ってたんですか。きゅんきゅん締めつけられるのが癖になっちゃいました？」

「ちが、う……！　あっ、だめ——……だ、指、入れるな……！」

ぎゅうぎゅうと貞操帯の端を引っ張り、叶野と桑名が人差し指を突っ込み、湿った肉竿の側面をかりかりと引っかいてくる。

「あぁぁぁ……っ！」

もどかしい快感に苛まれ、苦しくなってくる。

自分で穿いたのだが、いますぐ脱ぎたい。

「桐生、鍵は？」

「……っ、ない……！」

「へえ、じゃ、このままじわじわ犯されてもいいのか。叶野が貞操帯を引きちぎるぞ」

革でできた貞操帯だ。間違っても破れないと思うのだが、興奮した叶野ならできるかもしれない。

「無理やり破られたら、桐生の綺麗な肌にも傷がつくぞ。おまえをミューズとしている俺としては、そういう事態は避けたいがな」

「くそ……っ……ほんとうに、鍵、は、ないんだ……家に、置いてきた」

「嘘つけ。用意周到なおまえのことだ。絶対持ってきてるだろ」

せせら笑う坂本をぎらりと睨んだが、桑名にじゅうっと強めに乳首を吸われ、抵抗が形にならない。

ぶるぶると震え、なんとか腰をよじろうとしたのだが、貞操帯がきわどく食い込む内腿を指で擦られ、じわりと滲む快感に涙がこみ上げてくる。

「ん――……っう……だめ、です、部長……っそこは、……っ」

「きみの大事なところだ。早くこの邪魔なものを取り払って、舐めてあげたいよ。それとも、叶野くんより先に奥まで挿れてあげようか？」

　雄々しい叶野のものとはまた違う、硬くて長い桑名の性器を脳裏に描くと、喉がひくひくと痙攣してくる。

「きみが悶え狂う結腸まで突いてあげられるよ、僕は。あの気持ちよさを覚えてるだろう？」

　乳首をねちねちと舐りながら言わないでほしい。

　淫らな気持ちが刻々と高まっていく。

　どう身じろぎしても身体の最奥が疼いて仕方がない。

「桐生、ほしいだろ？　叶野と桑名さんにたっぷり突いてもらえ」

「う……う……っ……」

　坂本に股間をやわやわと揉まれ、理性にひびが入った。

「鍵はどこだ？」

「財布の――中……」

　坂本が桐生のボストンバッグをごそごそ探り、財布を取り出してちいさな鍵を手にする。

それを錠前に差し込み、カシャリと回す。

じわじわとジッパーを下ろされるのかと身構えたが、ひと息に下ろされて貞操帯ごと引き抜かれた。

ぶるっと鋭角に飛び出す肉竿を握った坂本が裏筋を爪で引っかきながら、つうっと窄まりに指をすべり込ませてくる。

「しっかり締まってるな。自分で弄ったっていいのに」

「できるか……！」

「ふぅん？　じゃ、今夜おまえにオナってもらうか。自分で扱いて射精してもらうぞ」

「や、いやだ、絶対にそんなこと……っ」

「痴態を見られたいくせに」

鼻で笑う男をぎっと睨み据えたものの、正面に回った桑名がバッグからローションボトルを手にし、傾ける。

とろーっとした液体を両手で擦り合わせる桑名に窄まりを探られ、びくんと身体が震えた。

濡れた長い指が孔の縁をやさしく撫で回し、くぷくぷと挿り込んでくる。

「は、っぁっ——あぁ……っんぅ……は……っ」

時間をかけて挿ってくる指は、的確に桐生の感じるところを暴き立てていく。

ローションのぬめりも手伝って、肉襞をかき分ける指はスムーズに押し入ってくる。くぷんと根元まで挿った指は内側をぐるりとなぞり、すこしずつ広げながら、上壁を執拗に擦り出す。

「あ、っ、そこ……っそこ、……っやぁ……っ」

「桐生くんが感じてしょうがないところだね。あとでたくさん私のもので擦ってあげるよ」

指が増やされるたびに理性がぐずぐずになってしまう。

「どんどん俺たちだけのメスになっていきますね、課長。どんなに嫌がっても縦割れアナルを弄られるとひくついちゃうし、おっぱいだってビンビンに尖らせちゃう。あー、俺、課長のエッチな顔を見ながらオナろうかな。でもやっぱ、乳首をいっぱい吸いたいです」

言うなり叶野がじゅるっと乳首に吸いついてきて、思わず声を上げてしまった。

「あうっ、……あぁっ……」

三人の中で、もっとも乳首に執着する叶野の野性的な舌遣いに翻弄されてしまう。ほんとうに桐生の乳首が好きで好きでたまらないのだろう。

ちゅうちゅうとむしゃぶりついてきて、口の中で嚙み転がす。

じくじくとした狂おしい刺激が身体中を駆け巡り、はしたないことを口走りそうだ。

「課長、おっぱいはちゅっちゅされるのが好き？　それともがじがじ嚙まれるのが好きですか？」

「ん、んっ、……ぁ……っ」

「言わないとやめちゃいますよー」

くちびるが離れてしまうことでじんじんとした痺れが襲ってくる。

ぐっと下くちびるを噛み、息を吸い込んだ。

「……吸われる、のも、……好きだ……けど、か、まれると……すごく、感じてしまう……」

「そうなんですね。じゃ、がじがじしてあげます」

ぷっくりした乳首の根元に歯を突き立てられて、視界が極彩色に染まっていく。

「あぁっ、あっ、かの……！」

ぎりぎりと噛み締められて、一層昂っていく。

中をしっとりと潤していた桑名が「ふふ、締まってる」と笑う。

「乳首で感じるとココもきゅうっと締まるんだね。きみの乳首は完全に男に愛されるものだ。……挿れてほしいかい？」

「ん、っ、は、い……っ……ほしい……っです……」

もう限界だった。

媚肉と乳首の両方をいたぶられ、我慢できなかった。

脇で坂本が可笑しそうに笑っているのが気に食わないが、疼く身体は抑えきれない。

「久しぶりだから生で挿れたいけど、テントを汚すのも手間だからね」

そう言って、桑名は猛った己を取り出し、するりとゴムを嵌める。続いて桐生の肉竿にもゴムを嵌めてきた。

根元をきゅっと締めつける感覚が久々で、すぐにイきたくなる。

いつからこんなに堪え性がなくなったのだろう。

普段は誰もが理性的な顔をして仕事に励んでいるのに、密室に閉じこもった途端、獣性をあらわにする。

桑名が性器の根元を掴み、亀頭で窄まりをくちゅくちゅとくすぐってきた。いまにも挿ってきそうで、腰が物欲しげに揺れる。

ぐ、ぐ、とアナルを割り開いて押し挿ってくる感覚に意識が飛びそうだ。

「……っひ……あ、……あぁぁっ……！」

ぐぷん、と亀頭が挿っただけで、背筋が弓なりになる。

「ああ、とてもきつくて気持ちいいよ。浅い部分で出し挿れするだけでもイってしまいそうだな」

「や……ぁ……っ！」

そんなことをされたらおかしくなってしまう。

無意識に桑名の腰に両足を絡みつけると、くすくすと笑い声が響く。

「ほしがりさんだな、桐生くんは。もっと奥まで突いてほしいのかな？」

ずずっと隘路を広げてくる桑名に、涙が滲む。

「んっ、ん、……ほし、い……です、奥、まで……来て」

「いい子だ。僕の全部をあげよう」

ぐぐっと腰を進めてくる桑名の硬い雄がにゅぐにゅぐと媚肉を割り開きながら挿ってきて、ずんっと最奥を突いたときには喉を反らして喘いだ。

「あぁ……！　深、い……っ」

熱く火照った内壁で桑名を食い締めてしまい、離せない。

「最初の頃と比べると、いやらしく絡みつくようになったね……」

満足げに笑う桑名がじっくりと出し挿れを繰り返す。

「叶野くん、もっと乳首を愛してあげられるかな？」

「任せてください」

叶野が両の乳首を指でくびりだし、こりこりとねじる。真っ赤に染まった尖りの先端がじわん……と疼き、どうしたって身体の最奥がきゅんきゅんする。

「そこ、や……っいやだ……ジンジンする……ッ」

「いい具合だ。乳首を愛撫すると、桐生くんの中もよく締まる」

「ですよね。俺が突っ込むときは、部長がこの可愛い乳首を愛してあげてくださいね」

「任せてくれ。叶野くんに負けないようにエッチにしゃぶってあげるよ。……そろそろ本気を出そうかな」

両足を高々と抱え上げられ、ぐうっと貫かれた。

「ン、ッ、んっ、あ、ぁっ！」

ずくずくと深いところを穿(うが)たれ、熱い息が次々にあふれ出す。

はち切れんばかりの雄芯を奥まで突き込まれ、あまりの快感に声が止まらず、汗がじわりと噴き出す。

ねじり挿ってくる桑名のものは硬く、長く、奥の奥まで暴く。

ずちゅっ、ずちゅっ、と卑猥な音を立てながら突き続けた桑名が上体を倒してきて、「キスしよう」と囁いてくる。

「は……」

舌を出すと、桑名にきつく吸われ、じぃんと腰が痺れるほどの快楽(かいらく)がそこから全身に広がる。

「……ここが結腸だ。わかるかな？　いやらしく僕に吸いついている」

「んっ、ふ、ッ、っん、ッぁ、っ」

きゅ、と深いところで桑名を食い締めた。

くちびるを吸われながら最奥をぐっぽぐっぽと突かれる心地好さに酔(よ)いしれ、とろっとした唾液(だえき)を交わし合い、こくりと喉(のど)を鳴らす。

激しい腰遣いに振り落とされないようにするので精一杯(せいいっぱい)だ。できることなら桑名の背中に手を回して身体を安定させたいけれど、叶野が乳首を執拗(しつよう)に吸っていて無理だ。

くちびるも胸も窄まりも男たちに奪われ、狂おしい。

坂本は、というと、かたわらに片膝(かたひざ)を立てて座り、スマートフォンを向けていた。テントの

中で繰り広げられる狂乱の一部始終を録画しているのだろう。

「……イきそうだ。きみの中に出したいけど、それはまた今度」

「ん――んっ」

大きく揺さぶられ、もったりとした上壁をしつこく擦られて、もう我慢できない。

「い、く――い、っ、あ、あ、あぁぁ、イっちゃう……！」

「……っん」

どくりと熱いしぶきが放たれるのを薄い膜越しに感じたのと同時に、桐生も全身をわななかせて絶頂へと昇り詰めた。

びゅるっ、と勢いよく精液が飛び出していく。ゴムが嵌まっているので肌を汚すことはないが、全身が汗でびっしょり濡れていた。

「あ……あ、……っはぁ……ぁっ……」

「気持ちよくイけましたね、課長。じゃ、次は俺の番。ぶっといお注射、いまからしてあげますね」

「その前にゴムを替えてあげよう。ふふ、たくさん出したんだね。きみはほんとうに感じやすい子だ」

四肢から力が抜け、されるがままだ。

「あ、せっかくだから次は課長にオナってもらいましょうよ。俺がガンガン突いてあげるから、課長は自分のものを扱いて」

「そ、んな」

「だったらゴムはなしにしようか。堪えきれずに精液を飛び散らせる桐生くんを見たいからね」

示し合わせる上司と部下に、息が切れてしまう。

「坂本さん、桐生課長のオナニーって見たことあります？」

「それがないんだよな。長いつき合いなんだが。前もうしろも触ってないらしいぞ」

「へえ……だったら犯し甲斐がありますね。課長、俺と繋がりながら、自分の扱いてくださいね。坂本さん、しっかり撮ってください」

「オッケー」

「ま、待て！　そこまでするとは……」

言ってない、と反論しようとしたが、がら空きになった乳首を桑名に指でつままれ、途端に甘い息を漏らした。

どうしてもそこだけはだめだ。もしかしたら、中心をいたぶられるよりも弱いかもしれない。

「じゃ、久々の課長、いただいちゃいます」

「あ、あ、あ……！」

ゴムを嵌めた太竿がぐぐっと抉り込んでくるのを、信じられない思いで見つめた。桑名とはまた違う凶悪さで、ひくひくする肉襞をまとわりつかせながら一気に奥まで、じゅぽん、と押し挿ってきた。

「あぁ……！」

「あー……サイッコー。課長のココ、めちゃくちゃ熱くてとろとろなんですよね……何度犯してもたまらない」

楽しげに舌なめずりする叶野が激しく腰を遣い出す。若いこともあって、がむしゃらに貪ってくる強さにも、翻弄される。

ずんずんと突かれまくり、嬌声があふれ出した。

桑名がこじ開けた結腸には届かないものの、窮屈な中を太竿で押し広げていく強さが叶野にはある。

みっちりと肉輪に埋め込まれた男根のいやらしい色に息を途切れさせていると、「ほら、課長」と手を摑まれた。

「課長はこっち。自分の×××扱いて、俺たちに見せつけてください」

「く……っ」

まだ先端から、とろりと白濁を零している自分のものを摑むのは度胸がいったが、「ほーら。課長、ね？　みんなで見ててあげるから」と叶野に甘く囁かれ、頭の中にもやがかかる。

ぶるぶる震える手で濡れた肉竿を摑み、そうっと扱き上げると、痺れるほどの快感が弾けた。

「上手上手。じゃ、こっちのエッチなお口にもご褒美あげますね」

「んっ、く、っん、ぁっ、あぁっ」

窄まりを貫かれながら、怖々とペニスを扱くうちに、二カ所の快感が混ざり合っていく。

次第に夢中になって、両手で肉竿を掴んでいた。

「あぁっ、あっ、い、っ、すごい……っかの、う……っ」

「俺の×××、好きですか？」

「す、き……っすき、だ……」

「どんなところが好き？」

「おっき、くて……太い……、あぁっ、届いちゃう……っそこ、そこ、だめだ……！」

「課長のいいところでしょ？　大丈夫、いーっぱいしてあげますから。ね、おねだりして？

課長の綺麗な顔でエッチなことたくさん言わせたいんです。『スケベなお尻にズボズボしてほしい』って言えます？」

「……言え、ないっ……！」

「じゃ、抜いちゃおっかな」

ずるりと抜け出ていく肉塊を慌てて食い締めてしまった。

「言ってください。自分で×××を扱きながら、俺におねだりして。俺は聞き分けのいい犬だから、課長の言うことなら全部聞きます」

「ン……ふ……っ」

何度も歯噛みしたが、言わないと続きはしてもらえなさそうだ。

繰り返し息を吸い込み、くちびるを震わせた。

「わ、……私の……、スケベな……お尻に……」

「続きは？　手が止まってますよ」

「んぅっ！」

ずん、と一度、強く突かれた衝撃で、肉竿を扱く手が速くなった。

みちみちに嵌まった太竿で翻弄され、理性が砂糖のようにさらさらと崩れていく。

「……私の……スケベなお尻に、ズボズボ、して……くれ……っ」

「よく言えました」

太竿を、ぐうっとねじ込まれて、瞼の裏に火花が散り、ひと息に絶頂がせり上がってきた。

「あぁっ、あぁっ、やだ、いやだ、イく、イっちゃう……！」

「いいですよ、みんなが見てるからいっぱい出して」

「んーっ……！　見るな、出る、出ちゃ……っ」

三人の熱い視線が集中しているのを感じながら、ぴんとつま先を伸ばして懸命に扱き上げた。

びゅるっと熱いしずくが肌に飛び散る。

叶野が追い上げてきて、強く突いてきた。

「あっ、あっ、あぁっ！　やぁっ、イってる……イってるから……っぁ！」

「うん、お尻でもイきましょうね」

「つん、ん、ぁ、あぁっ、だめ、だ、なんか、くる、きちゃう……っ」

ずくずくと力尽くで突かれ、圧倒的な快感に呑み込まれそうだ。

「一緒にイきましょ、課長」

「んぁ、っ、あ、あー……っ！」

両足を大きく広げられ、男根を深々と咥え込まされながら己を扱き続ける桐生のすべてを、坂本が記録していた。まだ桑名も昂っているのだろう。硬さを残した男根の先端で乳首を嬲る。

「だめ、だ、も……ぉ……あぁっ、また、イく……！」

きゅうっと中を引き絞ると、叶野が額に汗を滲ませながら突き上げてきて、最奥に咥え込ませながらどっと放ってきた。

「はぁっ……あっ……あぁ……っ」

桑名もゴム越しに撃ち込んでくる。

生々しい熱に身悶え、――じかに濡らされたらもっといいのに、と思ってしまう自分は欲深なのか。

「どんどん淫乱になっていくなぁ、桐生。おまえ、誰のでも感じるのか？」

可笑しそうな声音に、叶野と桑名がそろって笑う。

「そうなんですか、課長。俺たち以外でも感じちゃいます?」

「これは興味があるね。僕たちだけのメスにしたいけれど、桐生くんの色気はとどまるところを知らない。ほかの男たちにも嗅(か)ぎつけられてしまうかもね。——たとえば、守(まもる)くんとか」

「SMクラブの奴か」

顎(あご)をさすりながら、坂本がにやりとくちびるの端を吊(つ)り上げる。

「いい案を思いついた。みんなにも協力してもらうぞ」

「さすが坂本さん」

「桐生くんはいま以上に淫らになるのかな?」

楽しそうな六つの目にさらされながら、桐生はくたくたと身体の力を抜いていった。

# 八章

初心者キャンパーに向けたウェブサイトは着実に仕上がっていった。サイト作成は外部クリエイターに依頼(いらい)しているので、こまめに連絡を取り、経過途中を見せてもらった。中途半端な状態で口を挟(はさ)むのもどうかと思ったので、段階を踏(ふ)んで意見を交換(こうかん)するようにしていた。

坂本たちとのキャンプから帰ってきて一週間後、桐生はクリエイターと電話で小一時間ほど打ち合わせをし、「ではまた次のバージョンを楽しみにしております」と言って電話を切った。

ほぼ同時に、スマートフォンが振動(しんどう)する。見れば、【守】だ。

何度も連絡してもらっているのに、きちんと返事をしていない。

さすがに申し訳なくなってきて、新着のメッセージを開いた。

『こんにちは、桐生さん。何度もしつこく連絡してすみません。もしよかったら、近いうちにでも夕食を一緒に食べませんか？　以前からあなたとふたりでお話ししたくて。ご検討(けんとう)いただければ幸いです』

丁寧なメッセージだ。これを無視するのは悪い。
それに、坂本や桑名、叶野たちが今後なにを求めてくるのかが読めないというのも怖いから、事情を知っている第三者に相談するというのもひとつだ。
深く息を吐き、返信を書くことにした。

『何度もメッセージをいただいて申し訳ありません。最近多忙だったため、なかなかお返事できずにいました。今週の週末でよければ、夕食ご一緒にいかがですか。場所や時間は守さんにお任せします。よろしくお願いいたします』

メッセージを送信すると、三分経たないうちに返事が来た。

『お返事嬉しいです。ありがとうございます。それじゃ金曜の十九時頃に、銀座和光の前で待ち合わせませんか。美味しいフレンチレストランにご案内いたします』

スマートフォンのスケジュールアプリに【金曜：十九時：守さん：銀座の和光前】と打ち込み、仕事へと戻った。

暦(こよみ)はもう春に差し掛かっているが、夜はまだまだ寒い。コートの襟(えり)を立てて地下鉄の駅から地上に上がり、銀座のアイコンである和光を目指す。

金曜の夜の銀座は賑(にぎ)やかだ。軽やかな足取りで行き交うひとびとの間をすり抜け、ショーウィンドウが美しいことで有名な和光前に着くと、ひときわ目立つ男が立っていた。

アッシュブロンドの髪をハーフアップにし、ベージュのムートンコートをスマートに着こなしている男は、通りすぎるひとびとの視線を一手に引き受けながらも、涼(すず)しい顔をしている。

「——守さん」

華のある男に声をかけるのは勇気がいったが、案に相違して守は穏やかな笑みを浮かべて振り向いた。

「桐生さん、わざわざお呼び立てしてすみません。せっかくの金曜日なのに」

「いえ、今日は早めに仕事が終わったのでちょうどよかったです」

「お腹、減ってます？」

「ぺこぺこです」

正直に打ち明けると、守は可笑しそうに微笑(ほほえ)み、「では、行きましょうか」と歩き出す。

連れていかれたのは、表通りから一本裏に入ったところにあるビルだ。ガラス張りで真新しい建物には、飲食店がいくつも入っているようだ。

エレベーターで五階に上がり、朱色の扉を開けると、黒服が笑顔で出迎えてくれた。

「飯埜様、お待ちしておりました。いつものお席へご案内いたします」

守は、飯埜という姓なのか。偽名を使っているとも考えられたが、一介のサラリーマンである自分と食事をするだけのために、わざわざ手の込んだことをするようにも思えない。

店の奥にある個室に通され、輝かんばかりの真っ白なクロスがかかったテーブルについた。

「私のお任せでもいいですか？」

「お願いします」

勝手がわからない店なので、守にゆだねることにした。

まずは軽い口当たりのシャンパンで乾杯し、他愛ないことを話す。

夜は寒いけど、昼の陽射しはだいぶ春めいてきましたね、とか、仕事は順調ですか、とか。

ほとんどの場合、守が問いかけてきて、桐生が答えるという形だった。

守は聞き上手で、絶妙なタイミングで相づちを打ち、楽しげに笑ってみせる。

以前、六本木のＳＭクラブで見た怜悧かつ尋常ならざる色気は皆無で、こうしてふたりきりでいても、とびきりの美形と盛り上がっている、という程度だ。

しかし、口火を切ったのはやはり守からだった。

メインの肉料理が運ばれてきて半分ほど食べたところで、「そういえば」と守がちらっと視線を投げてくる。

「いまでも、皆さんとの関係は続いているんですか？」

「――……あの」

「ふふ、すみません。突然聞いてしまって。桑名さん、叶野さん、坂本さんでしたっけ。桐生さんを巡って三人の男性が右往左往しているんですよね。あなたも罪な方だ」

「私は……そんなつもりは」

「責めているわけではありません。ただ、私も驚いているんですよ。これでも仕事柄、多くの男性を目にしてきましたが、桐生さんほどストイックで、冷ややかな美貌を誇る方は見たことがありません。そんなあなたが……その胸に甘やかな秘密を隠し持っている。男性にしては熟れきった胸に、皆さんが執着するのも無理はないと思いますよ」

「……そう、なんでしょうか。ただの男の胸なのに」

「でも、弄られると感じてしまうんでしょう？」

小首を傾げて微笑む男に、渋々頷いた。

「いつからそうなったんですか」

「……十年前ぐらい、でしょうか。同居人の坂本はラブグッズを開発していまして、私はその実験台に……。『男でも念入りに愛撫すれば胸で感じるようになる』なんてバカなことを言い出して、いつの間にかずるずると」

「坂本さんとは恋人同士ではないんですか」

「違います。……たぶん、まだ。一応、私を好きだとは言ってくれましたが、世間的な恋人同士とはほど遠いと思います。いまでも私の身体を使って実験しますし」

「最近ではどんなことを？」

尿道を開発されました。

無邪気にそう言えていたら、ここまで苦悩しないと思うのだが、あいにく、そこまで簡単な思考回路ではない。

口ごもり、肉料理を食べることに専念することにした。

そんな桐生を楽しげに見つめ、守も鮮やかにナイフとフォークを操る。

「あそこまで胸を開発されたら、次は――そうだな。アナル拡張か、尿道責めかな」

真実を言い当てられ、思わずびくっと身体を震わせてしまった。

「あ、当たりですか？　どっちだろう。んー……どっちも楽しいですけど、潔癖な桐生さんを徹底的に辱めるなら、尿道責めかな。あの三人とつき合っていれば、嫌でもアナルセックスは体験するでしょうしね。もしかして、カテーテルを挿れられたんじゃありません？　大丈夫でしたか？」

本気で心配しているような声音に、ついほだされそうだ。

「あれ、経験のない方にはつらいでしょう」

「……はい。失神するかと思いました」

「それも坂本さんが？」

「そうです」

「気持ちよかったですか」

率直な質問に答えるかどうか迷い、赤ワインを飲みながら逡巡したのち、こくりと頷いた。

あんな鋭い快感は初めて味わった。

出したくても出せず、乳首と中心への刺激でイき続ける時間は永遠に感じられた。

「すごかったです。守さんは、経験あるんですか」

「もちろん。といっても私が挿入されたのではなくて、仕事上、ショウでスレイブに挿れましたけどね」

「……その方、感じてました？」

「それはもう。お客様の前で潮吹きするぐらいでしたよ」

「潮吹き？」

聞き慣れない言葉に首を傾げると、守は意味ありげに微笑む。

「アダルトビデオで見たことありません？　まあ、主に女性が体験することが多いんですが、男性でも感じすぎると精液とはあきらかに違う体液をお漏らしするんですよ。それが、潮吹き。よほど丁寧に愛撫しないと出ないものですけどね。私が見たのはスレイブからカテーテルを抜いた瞬間、ぴゅっぴゅっと吐き出してましたね。あれは素敵だったなぁ……」

うっとりした目つきの守が怖い。

いまさらながらに、ふたりきりで会ったのは間違いではなかっただろうか。そもそも、相手は性的な場面で威力を発揮することを仕事としているのだ。いわばその道のプロ。内容こそ違えど、坂本と近しい人間ではないだろうか。

焦りが生じてきて、ワイングラスを摑んだ。渋みのある赤い液体をごくりと飲み下し、平常心を取り戻すことに躍起になった。

その間も守がじいっと見つめてくる。

張り付くような視線から逃れたいのだが、ここでいきなり席を立つのも礼を失するだろう。いまはとにかくすこしでも早くデザートを食べ終え、割り勘としての紙幣を置いて帰るだけだ。なにをしでかすかわからない守より、まだ坂本のほうがましだ。

――あいつは私に無理やり挿れようとしないし。

くらりとしためまいが襲ってきたのは、そのときだった。

たかがワイン一杯で酔ったのだろうか。酒にめっぽう強いほうでもないが、そこそこいける口だ。

もしかしたら、思わぬ緊張を感じているのかもしれない。そう思って、水を飲んでみたが、じわじわと身体は火照る一方だ。

テーブルに突っ伏しそうな桐生の肩に、骨っぽい手がぽんと乗る。

仰ぎ見ると、守が楽しそうに目を輝かせていた。

「そろそろ効いてきました？」

「なんの……こと、ですか」

「桐生さんをもっと知りたくて、媚薬をワインに仕込んじゃいました」

「え……」

「大丈夫。違法の薬ではないので。あなたは意識がありながら、身体の自由が利かなくなる。酒に酔った感じで、店を出ましょう」

「——どうする、つもり……ですか」

「それはこのあとのお楽しみ。支払いはもうすんでます。行きましょう」

くちびるの前で人差し指を立てる守にぞくぞくしてくる。

ただではすまなさそうだ。

いまにも崩れ落ちそうな身体を守が支えてくる。肩を抱き寄せて桐生を立たせると、なんてことはない顔で個室を出た。

「お帰りですか」

笑顔の黒服に、「連れが酔ってしまったので」と守が答える。

——どうか気づいてくれ。妙な薬を盛られたんだ。

必死に願いながら黒服を見つめようとしたが、全身がふらふらしていて足下がおぼつかない。引き寄せられるまま店を出て、守が停めたタクシーに押し込められた。

「新宿西口のホテルまで」

「かしこまりました」

運転手に行き先を告げた守はにこりと笑いかけてきた。

「いいこと、しましょうね」

その蠱惑的な声に背筋がぞくりと震えた。


「大丈夫ですか、歩けます？　ベッドはすぐそこですから」

「は……」

新宿西口にあるラグジュアリーホテルに連れ込まれた桐生は、肩で息をしていた。

飢えた感覚が次々に襲いかかってくる。

いま、身体のひそやかな部分に触れられたら、その場で射精してしまうかもしれない。そのぐらい、あり得ないほどの情欲が募っていた。

媚薬は本物らしい。

指先も熱くて、身体の芯が震える。

怖いぐらいの快感を、守はどう暴こうというのか。

キングサイズのベッドが室内の真ん中に設えられていた。

その正面に立たされた桐生は、守に指でとんと胸をつかれただけで、くたくたと倒れ込んだ。

すかさず、のしかかってくる守が慣れた手つきでしゅるりとネクタイの結び目をほどき、

「戦利品としていただきますね」と囁く。

「今度、桑名さんに自慢しちゃいます。あのひとの目の届かないところで桐生さんにエッチなことをしたとバレたら、怒られちゃうかな」

いたずらっぽく守が指に引っかけたネクタイをくるくる回す。

それからワイシャツのボタンをもったいぶりながらひとずつ外していき、素肌があらわになったところで、熱い視線を浴びせてくる。

「……っ」

ただ見られる、というだけでも感じるのだと初めて知った。

無遠慮な視線は上気した桐生の顔から、赤らんだ首筋、張り出した硬い鎖骨、そして尖り始めている乳首へと移る。

「ココがあのひとたちを狂わせるんですね。一度クラブでも見せていただきましたが、あらためてじっくり見るとほんとうに淫らだな……乳頭が豆粒大に真っ赤にふくらんでいるばかりか、

乳暈も盛り上がっている。男でこんなにも愛された乳首を見るのは、私も初めてですよ。正直、興奮します」

「……見ないで、ください……っ」

はあはあと息を切らしながら訴えた。

羞恥は募るばかりでどうにか逃げ出したいのだが、身体が言うことをきかない。

ツツと首筋を硬い爪がすべり落ちていき、ぞくぞくするほどの快感がこみ上げてくる。産毛がちりちりと逆立ち、皮膚がざわつくのすら気持ちいい。

「可愛いな、桐生さんは。もう目が潤んでますよ。まだあなたのいいところ、触ってませんけど」

「さわ、るな……！」

「だめです。今夜のあなたは私のスレイブ。桑名さんたちも知らない絶頂を教えてあげます」

「ど、うし、て……そん、な」

額に垂れ落ちる髪をかき上げながら、守はくちびるの端を吊り上げる。

「最初にあなたを目にしたときから、運命を感じていたんですよね。私のところに来る男性はみんな、いたぶられることを求めますが、あなたは違う。まっとうな社会人で、常識的だ。たとえ同性とのアナルセックスで感じまくっているとしても、外に出ると冷静な顔を貫く。ひとことで言えば、変態ではない。そこがたまらなく私を惹きつけるんですよ」

指先が鎖骨の溝をゆっくりとなぞり出す。

「う……ん……っ」

些細な感覚も敏感に拾ってしまう。

カリカリと鎖骨を引っかかれた次は、すうっと胸に指が落ちていき、乳暈の外側からじわじわと責めてくる。

「まだ可愛いピンクだ。これをじっくりいたぶったら、いやらしい朱色になるんでしょうね。以前、クラブで見たようなふっくらした乳首……ほんとうに素晴らしかった。あれを私の手で再現したいんです。指で弄り続けるのもいいですが、桐生さんの胸には小道具が似合いそうですね。こういうクリップで挟まれた経験は？」

どこからともなく黒いクリップを取り出し、守が艶然と笑う。

過去、似たようなもので坂本たちに散々嬲られた。その結果が、いまのこの乳首だ。

「そうきつくない強度ですから、安心してください。あなたの可愛い乳首をきゅっとくびりだしてあげますね……ほら」

「あ、あぁあっ！」

シルバーのバネ部分をかちかちと開く守が、慎重に尖りを挟み込む。

「ん、んく、っう、うぁ、あっ、ん！」

そうきつくない、という言葉を一瞬でも信じた自分がバカだった。

がっちりと乳首の根元に食い込むクリップに涙が滲んでくる。

痛い、ジンジンする――。きつい、狂おしいぐらいにジンジンする。

「あぁ……あ……やぁ……っいや、だ……取って、くれ……っ」

「声が変わってきてるのに？」

くすくす笑う守がクリップの先端をつつく。そのたびにずきずきと激しい快感が胸の先から生まれだし、桐生をおかしくさせる。

じたばたともがこうとしたが、ぐっと押さえ込まれ、叶わない。

尖りに火がともったようだった。

一刻も早く取り去ってほしいと願う反面、こころのどこかで、もっときつく弄り回してほしいと思っている自分がいる。

浅ましい願いは、守にも通じたのだろう。

ふっと笑う彼がクリップを外し、じゅわぁっと快楽が水のように全身に染み渡るのと同時に、再びがっちりと乳首に金具が食い込んでくる。

「んぅっ！」

「ああ、もう真っ赤だ。なんていじらしいんでしょう……。男なのにこんなクリップで感じまくって、恥ずかしくないんですか？」

「く、っ、う、っ」

クリップを何度もつつかれ、悶え狂った。

黒い金具の隙間(すきま)から、ぷっくりと肉芽が淫らにはみ出している光景に、にんまり笑う守が、

「がら空(あ)きのこっちも可愛がってあげましょう」と、もう片方の乳首を舌でそっとくるむ。ハードな愛撫(あいぶ)とソフトな愛撫が色鮮(いろあざ)やかに全身を駆(か)け巡(めぐ)る。

「熱、い……っ」

「でしょう。光栄に思っていただいていいですよ。この私が他人の乳首を舐めるなんて初めてのことです。どんなにスレイブにせがまれても、くちびるで愛したことはありませんでした。でも、不思議ですね。この可愛らしく淫猥(いんわい)な乳首を見ていると、たまらなく吸いたくなります」

ちゅうっと、きつめに吸い上げられ、あまりの快さに喘ぎながら身体を反らした。

「桐生さんは、乳首を吸われるのが好きなんですか?」

「う……っぅ……ん……んん……っ」

かぶりを振ったつもりだったが、弱々しい動きにしかならない。

——もっときつく。噛んでほしい。

乳首から一瞬クリップが外れた途端、がじりと噛まれ、瞬(また)く間に絶頂に押し上げられた。

「あぁ……ぁ……っく……イく……!」

びくびくっと中心が震えるが、熱いしずくでスラックスを濡らすことはなかった。

「ふふ、乳首だけでイくなんて。しかもメスイキできちゃうなんて、私の目に狂いはありませんでしたね。さあ、こちらも見せてください」

「はぁ……っぁ……あ……ぁ……」

達した直後で力の入らない桐生から下着とスラックスを引き剝がす守は、終始楽しそうだ。

ぶるっと鋭角にしなるペニスの先端から、とろりとしたしずくが垂れ落ちていた。

「完全に勃起してしまってますね。いつもこんなふうですか？　乳首を弄られただけで勃てててしまうなんて。誰に触られても勃てちゃうんですか？」

「ち、が……っ……あ、あ、舐めたら、だ、めだ……っ」

下肢をじっくりと眺めていた守がちろちろと先端の割れ目を舌先で抉ってきて、すさまじい快感に四肢をよじらせた。

「男のココを舐めるのも……初めてですよ。……うん、蜜がたっぷりだ。多くの男に私のものを咥えさせてきましたが、私が咥える立場になるなんてね。仲間やスレイブたちが知ったら卒倒するでしょうね。癖になる味だな……」

ちゅっちゅっと軽くくちづけられ、竿の側面に垂れる愛蜜すらも綺麗に舐め取られる。

「もっと舐めたいな……私の口でイかせてあげますね」

「や……っあ……っあぁ……っ！」

快楽を自在に操るプロにもてあそばれたら、ひとたまりもない。

じゅぽじゅぽと熱い口輪で扱かれ、深い快楽に堕ちていく。

あふれる唾液と先走りを助けにして、守は亀頭から竿全体、そして陰嚢までたっぷりと舐ってくる。

とろとろに蕩かされ、喘ぎ声を上げるだけの存在になってしまう。

陰嚢を口内でこりこりと転がされると、ひと息に射精感が募る。

このまま勢いに流されて、守の口の中に放ってしまっていいのか。

葛藤するけれど、それもお見通しなのだろう。

快感の詰まっている根元から、ずるぅっとくびれに向けて舐め上げ、ぱくりと頬張られたところで、もう耐えられなかった。

「んん……っあぁ……！　出る、出ちゃ……っ」

「どうぞ、飲ませてください」

抗いもむなしく、太腿にぐっと力を入れ、びゅくびゅくと散らしてしまった。次々に身体の最奥から満ちあふれる精液を、守は美味しそうに吸い出し、嚥下する。

「あ……あ……はぁ……っ」

「感じやすいんですね。たくさん出しちゃって……可愛いですよ。もっともっと感じさせてあげますね」

まだあふれている精液を指に移し取り、窄まりを撫で回された。慣れない指の感触にぞくりと身体を震わせ、なんとか逃げようとしたが、顔を近づけてきた守に微笑みかけられた。

「大丈夫ですよ、私は自身の挿入を好みませんので、あなたを無理やり犯すことはしません。代わりに……これを使います」

立派な男の形を模した黒いバイブレーターを見せつけてくる守が怖い。

クリップといい、バイブレーターといい、どこに隠していたのか。

「私が着ているコートには深いポケットがついてますからね。いろいろなものが入ってるんです。いつどんなときでも魅力的な男性を落とすために」

スイッチを入れると、ブブ……と淫らな音とともにバイブレーターがうねうねとくねり出す。正視できないほどの淫猥さだ。

「これを挿れたら、あなたはどれだけいやらしく乱れるんでしょうね？」

目の前に突きつけられて、ぞわぞわする。

異物で感じさせられたのは一度や二度ではない。しかし、それは長いことつき合ってきた坂本や桑名、叶野たちだから感じたのだ。

これで守相手にも感じてしまったら、さすがに淫乱ではないだろうか。

……これを挿れられたら、どうなるんだろう。どんなふうに私の中で動くんだろう。

そんなことを考えていたら、ぼうっとした目つきになっていたのだろう。

潤んだ目をする桐生に、守が大きく口を開け、バイブレーターをべろりと舐め上げる。それがたまらなくいやらしく、顔が熱くなる。

ぴちゃぴちゃと音を立てる守は赤い舌をのぞかせ、にやにやと笑いかけてくる。さすがは淫猥な誘い方のすべてを知り尽くした男だ。

「あなたに負担がかからないようにたっぷり濡らしてあげますね。さっきも、こんなふうに桐生さんのものを舐めてあげたんですよ。もっといやらしかったかな？」

唾液で光るバイブレーターの卑猥さに息を呑む。

バイブレーターの先端で窄まりをくすぐられ、「ん……！」と声を漏らした。

「いまにも呑み込んでしまいそうですね。ちょっとだけ挿れてみましょうか？　私自身を挿入するわけではないので、罪悪感は抱かなくてもいいんですよ」

「でも……で、も……」

「腰が揺れてる。期待している証拠ですね。だったら、亀頭だけでも挿れて差し上げましょう」

ぐるりと身体をひっくり返され、尻を高々と上げさせられた。

シーツに擦れる頬が熱い。必死に枕を摑み、ぎゅっと瞼を閉じた。

ひくひくする孔にぬるついた硬いものが押し当てられ、努めて意識を深く吸い込んだ瞬間、ぬぐりと先端が挿ってきた。

「あ——……あ……、んあっ……！」

血が通った男根とは違い、ひんやりしている。

しかし、守がゆっくりとバイブレーターを回し始めたことで、敏感な肉輪を刺激され、勝手に腰が動いてしまう。

浅い部分をぐしゅぐしゅと擦られて、耐えがたい飢餓感がこみ上げてくる。

もっと奥までほしい。

「……まもる、さん……」

「なんですか」

「あ、の……っ」

奥まで挿れて、ぐりぐりして。

そう言いたいけれど、どうしても言葉が喉の奥から出ていかない。

剝き出しの尻を撫で回しながら、バイブレーターをぬぽぬぽと出し挿れする守が、「もっとほしいでしょう。わかってますよ」と言って、ぐぐっと中程まで突き込んできた。

「あぁぁ……っ！」

もったりとしこる前立腺をごしゅごしゅと撫でられ、嫌でも尻を振ってしまう。

「ん、んぅっ、あん、っ」

「桐生さんのいいところに当たってますか？　ココを擦られると、どんな男でもメスになってしまいます。まぁるいお尻を振ってよがるあなたは最高ですよ。この痴態を私が独り占めするのはもったいないですね。録画して、みなさんに送ってあげましょう」

「や、やっ、それだけ、は……！」

懇願したが、ズボズボとバイブレーターを挿入されて、声が掠れる。

尻にバイブレーターを咥え込んだままの桐生に、守がスマートフォンを向ける。

「いい格好だ。こんな淫らな姿を見せられたら、どんな男だろうとひとたまりもありませんよ。すぐに自慰に耽るでしょうね」

「ん、やだ、っ、いやだ、抜いて、……くれ……っ頼む……！」

声では抵抗していても、突き刺さる無機質な男根が低い音を響かせながらくねり、桐生を狂わせる。

……抜いてほしくない。

……このままイかせてほしい。

理性を裏切る本能に押しつぶされ、ぐずぐずと鼻を啜り、丸みを帯びた尻を左右に振った。その姿は、さぞかし守を楽しませているだろう。

届きそうで届かないあたりを執拗に擦りながら、桐生の身体を正面に向ける。両足を大きく開かせ、バイブレーターをずっぽりと咥え込んだ姿をスマートフォンでじっくりと撮り、再び反応し始めた性器に指を巻きつけてきた。

ぐっちゅぐっちゅと粘った音を響かせながらペニスを扱かれ、喉を反らして喘いだ。声が嗄れてしまうと思いながらも、守に触れられるたび、しゃくり上げてしまう自分が止められない。

四肢を震わせて、なんとか感じることをやめたいのだが、そんな葛藤も見抜いているのだろう。とろとろとあふれる先走りを助けにして、ますます淫らに扱き上げる守が憎らしいが、いま手を止められたらおかしくなってしまう。

「も、っ、あ、あぁっ、だめ、イく……イっちゃう……っ！」

「たくさん出してください。この動画を観たひとが、みんな絶頂に達するぐらい」

「んんー……っ！」

くびれをきゅっと締めつけられた瞬間、つま先をピンと伸ばし、どくどくっと放った。

白濁はたっぷりと量があり、湿った素肌を汚していく。

「あ、っ、は……ぁ……っは……ぁ……っ」

「気持ちよかったですか？」

にこやかに笑う守がゆっくりとバイブレーターを引き抜いていくのに従って、広げられていた孔が最奥からきゅんきゅんと閉じていくのがわかる。

この動きが男たちを喜ばせるのだと気づいて、頬が熱くなる。

「こんなにいっぱい出して……淫らなひとですね。冷徹な見た目とは裏腹に、あなたの本性は淫猥だ」

「そんな……ことは……」

REC

ない、と言いたいのだが、声が掠れてしまって説得力に欠ける。

「淫らなのは悪いことではないんですよ。自分の本能に正直なだけ。――でも、想像以上に快感に弱いようですね、桐生さんは。この動画を桑名さんたちが観たらどう思うかな？　嫉妬で激怒しちゃうかな」

濡れたバイブレーターの先端に軽くくちづける男に、桐生はただ息を切らしていた。

イかされたことは事実なのだが、ほんとうの熱を味わったわけではない。

そのことがどこか物足りないと思う自分は、守の言うとおり、やはり淫らなのだろうか。

そう簡単に認めるわけにはいかないけれども。

# 九章

守との不埒な時間を持ったあとの数日は、不気味なまでに穏やかに過ぎていった。

三日、四日も経つと桐生も平常心を取り戻し、――守さんもきっとあの動画は秘密にしてくれたんだろうと思い始めていた。

オフィスでも、桑名も叶野もとくに変わった様子は見せなかった。誰もがいつもどおりの顔で仕事をこなし、当たり前の日常を送っている。

一方、自宅にいる坂本も、むやみに手を出してくることはなく、きちんと家事をこなすかたわら、夕食を食べ終えると早々に後片付けをし、自室にこもっていた。

また、なにか開発している最中なのだろう。

その実験台にされなければいいのだが、と嘆息しつつ、桐生はすこしぬるめの風呂に浸かり、存分に手足を伸ばす。

綺麗好きな坂本は、毎日バスタブを磨き、新しい湯を張る。桐生がどんなに仕事で遅くなっても一番湯を譲ってくれるので、ありがたい気分でそのときどきの気分に合わせて、バスオイルやバスソルトを溶かし込んでリラックスすることにしていた。

今夜はラベンダーのバスオイルを数滴垂らし、ふわりと鼻先をくすぐるやさしい香りに身を委ねた。

「はぁ……」

クリーム色の天井を見上げ、ひとりため息を漏らす。

この手も足も――身体すべてが自分のものなのに、桑名や叶野、坂本たちに触れられると、途端に熱を帯びてしまう。

どうにか制御できないものだろうか。

触れられて簡単に堕ちるなんて、男として情けないかぎりだ。

しかも、こんな胸にさせられて。

ここ数日、誰にも触られていない乳首は自然なピンク色で、平均サイズと比べてもいささか大きめ、といった感じだ。

これが普通なのに。

これが当たり前なのに。

なにげなく乳首に触れると、物憂い疼きがこみ上げてくる。

ぞわりとした快感が腰裏に走るのを感じて、慌てて乳首から手を離した。

誰かに弄られて感じてしまうならともかく、自分ひとりで乳首に触れて昂る趣味はない。

もやもやとした感覚を消したくて、急いでバスタブから出て身体中を洗い上げた。

ミントの爽やかなボディソープを使えば、いくらか気分が変わる。

一瞬、淫らな気分になったのは過ちだ。ただの気のせいだ。

そう自分に言い聞かせ、熱いシャワーを全身に浴びてから外に出た。

やわからく毛羽だったフランネルのパジャマを身に着け、キッチンの冷蔵庫を開けた。中にはキンキンに冷えた缶ビールが常備されている。その一本を手にし、プルタブを引き開けて、一気に半分ほど呷った。

風呂上がりはやっぱりビールだ。暑い夏でも寒い冬でも、充分に温まったあとはビールが美味い。

室内は静かだった。

坂本に割り当てている部屋の様子をそっと窺ったが、なんの音も聞こえてこない。きっと、今夜はもう眠ってしまったのだろう。

自分も早々にベッドに行くかと思いかけたが、ふといたずらごころが浮かび上がり、足音をひそめて坂本の部屋の扉をそうっと開けた。

「坂本……？」

中は薄暗い。

ぼんやりしたベッドランプを点けっぱなしにして、坂本は眠っていた。

トレードマークの眼鏡も、いまは折りたたんで枕元に置かれている。

気配を消して近づき、ベッドの縁に腰かけた。

坂本は熟睡していた。

横向きになり、寝落ちする間際まで本を読んでいたようだ。半端に開かれたままの文庫本を取り上げて眼鏡の隣に置き、寝顔にじっと見入る。

規則正しい寝息を耳にしていると、普段、誰よりも淫らなことを仕掛けてくる男とは到底思えない。

すべては、この男から始まったのだ。

十年前、大学を卒業したあとも明確な進路を決めないまま、ボストンバッグひとつ持って転がり込んできた坂本と出会っていなければ、いま、こんなことにはなっていなかった。

乳首も育てられていなかっただろう。

そして、ごく普通の乳首のままでいたなら、桑名や叶野に目をつけられることもなかった。守の興味を引くこともなかったはずだ。

「……全部、おまえのせいだぞ」

ぽつりとこぼし、坂本の癖のある髪をかき上げる。

「ん……」

かすかな声を漏らし、坂本がもぞりと身じろぐ。もこもことした布団の塊が大きく上下している。

暦の上ではもう春だが、朝晩はまだ冷える。風邪(かぜ)を引かないようにと羽毛布団(うもうぶとん)をしっかり肩まで引き上げてやり、おとなしく眠る同居人を見守った。

思えば、坂本の寝顔を目にしたのは初めてかもしれない。

十年も一緒にいるのに、いつもいつもぎりぎりまで体力を削(けず)られ、睡魔(すいま)に誘われるのは桐生のほうだ。

眼鏡を外した坂本の寝顔は無防備(むぼうび)だ。

桐生に気を許している証拠なのだろう、呼吸は深く、ゆったりとしている。

起きている間はろくなことをしないクズだが、他人を受け入れるおおらかさや、屈託(くったく)ない笑みは昔から魅力的だ。

坂本の胸に手を置き、とくとくと鳴る鼓動(こどう)の音に聞き入った。

「おまえに出会っていなければ、私は……」

いま頃、どうなっていただろう。

仕事はできても、趣味もなにもない、色のない世界に生きていたのではないか。

頭が固い自分のことだから、恋人のひとりも作れなかったに違いない。

それが坂本に出会ってすべてが変わった。

恋人と呼べるかどうかわからないが、坂本が好きだという想いに嘘はない。

叶野や、桑名だって。

坂本の手によって乳首を育てられていなければ、彼らに手を出されることもなかった。

だけど、正直なところ、坂本、叶野、桑名に対して嫌悪感はない。

それどころか、この先もつき合っていきたいとすら考えている。

三人のうち誰かひとりを選べない自分に非があるのだろうが、ひるがえせば、それは各人異なった、抗いがたい魅力があるということだ。

最年少の叶野はいつだって猪突猛進だし、最年長の桑名は余裕たっぷりに追い詰めてくる。

桐生と同い年の坂本は、どう頑張っても読めない男だ。

乳首を育てるだけでは満足できず、貞操帯で桐生の射精を管理しようとしたり、いまでは尿道開発なんていう馬鹿げた妄想に尽力している。

まったく、頭の痛い男たちだ。

ため息をついたところで状況が変わるわけではないので、坂本の頭を軽く小突いた。

単なる八つ当たりだ。しかし、坂本は目を覚ますことなく、すうすう眠っている。

まったく起きる気配がないことを察して、桐生はおそるおそる坂本の胸に耳を当てた。

なかば抱きつく格好になっていることが、もしも坂本本人にバレたら。

『俺をオカズに、ひとりでする気かよ』

そうせせら笑うに違いない。

だから用心深く、彼に身を擦り寄せた。

静かな寝息を聞いていると、自分もこのまま寝入ってしまいそうだ。

そうしたいのは山々だが、目を覚ましたとき、坂本に抱きついたままだったら、一生からかわれそうだ。

だけど、好奇心（こうきしん）には勝てない。

過去十年、このこころを奪（うば）ってきた男なのだ。

坂本にばかり好き勝手させるのは気に食わない。

——だったら。

眠っている男になにをしてもいいのではないか。相手はそもそも坂本なのだし。

邪念（じゃねん）が頭をよぎる。

パジャマ代わりのスウェットを脱（ぬ）がし、目を覚ましたとき暴れられないよう両手両足を拘束（こうそく）しておいて、彼にのしかかってみるのはどうか。

長いこと一緒に暮らしてきても、坂本の身体の細部までは確かめたことがない。いつも、こっちが文句を言う前に脱がされているからだ。

むらむらとこみ上げる欲求に突き上げられ、彼の首筋を指先でなぞる。艶（つや）やかな肌はぴんと張り詰めていた。

布団をまくり上げ、スウェットの裾（すそ）をめくってみると、呼吸に合わせ、くぼんでふくらむ腹が見える。

臍を見つけて、なんだか妙にドキドキした。無精髭を生やす坂本らしく、臍から繋がる下生えも濃そうだ。

見たい。

だけど、実際に目にしてしまったら、平静ではいられなくなりそうだ。

まれに、叶野や桑名たちと抱き合うとき、坂本も居合わせて、彼のものを扱いたりしゃぶったりすることがあった。それは場の流れもあって、けっして無理強いされたわけではないが、桐生自身が望んだ結果ではない。

しかし、いまは違う。

スウェットのズボンと下着を引き下ろし、坂本のそこがどうなっているのか見たくてしょうがなかった。

ごくりと息を呑み、ズボンに手をかけて引っ張った。

そろそろと中をのぞき込むものの、薄暗くてなにがなんだかわからない。

ベッドランプを点けて、はっきり見るべきか。

「……ん……？」

不明瞭な声を上げた坂本に気づき、ぱっと手を離した。

「……桐生……？」

寝ぼけた声に内心焦り、「起こしたか」と言う。

「おまえにしては、めずらしく早寝しているようだったから、様子を見に来たんだ。邪魔してすまない」

「……べつにいい。桐生は風呂に入ったのか」

「入った」

「じゃあ来い」

「え？」

羽毛布団をばさりとめくった坂本が、「ほら、来い」と手招いている。

一緒に寝ろということなのか。

「いや待て、私はその」

「いいから来い。寒いんだよ。早く。俺が風邪を引く」

そう言われると断り切れない。

おずおずとベッドにもぐり込み、坂本の隣に身体を横たえた。

まるで抱き締められるような格好に胸が昂る。

この駆ける鼓動が坂本にバレないといいのだが。

桐生の身体を抱き寄せた坂本は、満足そうに、「よし」と呟いて、また眠りに吸い込まれたようだ。

穏やかな寝息を耳にしながら眠るなんて、とても無理だ。

そう思ったが、逞しく温かい胸に包まれていると、だんだんと瞼が重くなってくる。

セックス以外で坂本に抱かれる機会はそうそうない。

この先も坂本とはともに暮らしていくだろうし、叶野や桑名たちとのいびつな関係もきっと続いていくだろう。

それは間違いなく、刺激的な時間が多いはずだ。

だからこそ、互いの呼吸しか聞こえないこの時間は貴重だ。

緊張しつつも坂本の腰に手を回し、彼の寝息に自分のそれを重ねてみる。

朝まで絶対眠れない。

一瞬は案じたものの、一日の疲れもあったし、風呂上がりで身体がぽかぽかしている。それに、抱き枕みたいな格好の坂本のがっしりした身体に、こころが解けていく。

素直に安心できた。

起きているときはとんでもないことばかりしでかす男でも、眠っている間だけは安全だ。

人間は、眠らなければ生きていけない。

自分も、坂本も。

桐生の場合、休息で得たエネルギーのほとんどが仕事に注ぎ込まれるが、坂本は違う。桐生を嬲り、悶えさせ、いやらしい生き物に変えていくグッズを、次々に生み出すことに全精力を傾けるのだ。

同じ男でも、こうも違うものなのか。

自分たちの関係はどんな言葉がしっくり当てはまるのだろうか。

同窓生だった頃はとっくに過ぎた。単なるルームメイトでもない。かといって、セックスフレンドと割り切るつもりもない。快楽だけを追う者同士ならば、そこに羞恥心はさほどないはずだからだ。

桐生はいつまで経っても、桑名や叶野、坂本との行為が恥ずかしい。

どれほど淫猥なことを仕掛けられても、開き直って感じまくることはできない。

この間の守のことだってそうだ。

いかがわしい薬を盛られ、閉ざされたホテルの一室で起きた出来事は一部始終覚えている。

記憶から消したいと思えば思うほど、守の言葉や指遣いがまざまざとよみがえってくる。

叶野たちとはまた違うやり方で、乳首を念入りに愛され、うねるバイブレーターで立て続けにイかされた。

ふっくらと尖る秘密の乳首を知る男が、またひとり。

そこを弄られたら、くすぐったいと笑う者がほとんどだろう。けれど、桐生は感じてしまう。

それどころか、乳首を舐られ、齧られるだけで勃起し、白濁を放つようになった。

もう、二度とほかのひととはセックスできない。

しかし、守という存在が現れた以上、『絶対にこれ以上、他人とは肌を重ねない』とは言い切れない。
万が一、守も性の宴に加わったらどうなるのだろう。
とろとろと蕩けていく意識の中で馬鹿げたことを考え、くすりと笑う。
未来は、いつだって自分の予想を裏切るものだ。

# 十章

桐生が身体を張ったビギナー向けキャンプ企画は順調に軌道に乗り、首都圏だけではなく、全国の大型アウトドアショップと提携し、店頭のディスプレイでデモンストレーションムービーを流すほか、家に持ち帰ってじっくり読んでもらうために、キャンプのイロハや、主要ブランドの商品を掲載したフリー冊子を作ることもした。

これから訪れる春に向けて、客も浮き立っているのだろう。ムービーに見入るひとびとは思いのほか多く、冊子もそうそうになくなったので、急いで増刷することにした。

キャンプにまつわる企画もこれで三回目。毎回手探りだったが、最後には確かな成功を掴んできた。

それにはやはり、桑名、叶野、そして坂本の存在が欠かせない。

自分ひとりでは、ここまで達することはできなかった。

だから、『土曜日に僕の別荘で打ち上げをしよう』という桑名の言葉にも笑顔で頷いた。

資産家の生まれの桑名は軽井沢に別荘を持ち、春夏秋冬の休暇はそこで過ごしているそうだ。

四月も近いとはいえ、軽井沢ならまだ冷え込むだろう。冬のボーナスで奮発した上質なウールのタートルネックニットに、グレンチェックのパンツ。それにシルエットが綺麗なカシミアのコートを合わせ、東京駅から新幹線に乗った。

普通だったら車で行くところなのだが、ここ最近、かならず車中で不埒な出来事に襲われている。それを敬遠し、「新幹線で行きますね」と言ったところ、桑名は快諾してくれた。

軽井沢駅から別荘まではタクシーで二十分ほどとのことなので、のんびり行けそうだ。

『気をつけて行ってこいよ』

そう送り出してくれた坂本に手を振り、新幹線の中では彩り豊かな駅弁に舌鼓を打った。最近の駅弁はバラエティ豊かで、選ぶのもひと苦労だ。

東京とは違う、キンと冷えた空気が満ちる軽井沢駅に降り立ち、タクシーに乗り込んだ。道路の端に根雪が残っている。桑名の別荘を訪れるのは初めてだが、気の利く彼のことだ。部屋中を暖めて待っててくれているはずだ。

街を通り越し、白樺の林を抜けた先に、桑名の別荘があった。緑の屋根が可愛らしい二階建ての建物で、レースカーテンのかかった出窓がしゃれている。出窓にはテディベアと可憐なマーガレットが飾られていた。

「こんにちは、お言葉に甘えてお邪魔します」

「待ってたよ、外は寒かっただろう。さあ、中へどうぞ」

濃い色合いのニットと品のあるスラックス姿で出迎えてくれた桑名のあとをついて、室内のあちこちを見回しながらリビングへと足を踏み入れた。

そこで、思わず声を上げてしまった。

「叶野、……坂本まで！」

「へへ、部長にわがまま言って乱入しちゃいまして。だって俺もキャンプ企画頑張りましたし。ね、坂本さん」

ブラウンとイエローのチェックシャツにジーンズを合わせた叶野の視線の先で、今朝、見たばかりのパーカー姿の坂本が悠然と座っている。桐生を送り出してすぐさま家を出たに違いない。

「俺はたいして関係ないがな。ただ、この四人でちょっと試したいことがあって来たんだ」

「試したいこと……？」

「おまえ、守に散々イかされただろ」

とんでもない爆弾発言に声を失った。しばし、暖炉で火が爆ぜる音だけが響く。ゆったりした六人掛けのコの字型のソファに腰を下ろす叶野と坂本は、おもしろそうな顔をしており、ウイスキーボトルとグラスを運んできた桑名もなに食わぬ顔だ。

「まあまあ、核心に迫るのはまだ早い。とても美味しいウイスキーをいただいたんだ。みんなで飲もう」

ボトルを見れば、桐生でも知っている超高級品だ。

なぜまたこの四人で集うことになったのか、一から問いただしたい気分ではあるが、いきなり喧嘩腰になるのもよくない。さほど長いつき合いではなくても、ほかのひとびとより深いところを泳ぐ仲間だ。

琥珀色の液体で満たされたグラスを渡され、桑名の「乾杯」という音頭でかちんとグラスを触れ合わせた。一気に呷れば、カッと胃袋の底が熱くなる。近頃は仕事が立て込んでいたこともあり、アルコールを摂取するのも久しぶりだ。

香ばしいナッツとビターチョコレートが盛られた皿も出されたので、ひとつつまんで口に放り込む。カリッとしたアーモンドがコクのあるウイスキーとよく合う。

じわりとアルコールが意識と身体に染みこんでいく中、「……それで」と上目遣いに桑名を見やる。

乾いた薪が燃える暖炉のおかげで、室内は充分に暖まっている、ニットの袖をまくり上げたついでに、タートルネック部分を指で引っ張ると、みんなの視線が集中する。

この面子の前で、みだりに肌をさらすのはよくないと己をたしなめ、肌が火照るのも我慢して、袖も首部分も元どおりにし、ごくりともうひと口ウイスキーを流し込んだときだった。

「きみのために僕らで楽しい余興を考えたんだ。隣の部屋に来てくれるかな？」

言葉に含みを感じるが、桑名に手を取られ、振り払うこともできない。

リビングを出て、隣の部屋へといざなわれた。木造の廊下はひんやりとしているが、そのぶん、室内はシャツ一枚で過ごせるほどに暖められている。

隣の部屋に足を踏み入れるなり、息を呑んだ。

八畳ほどの部屋の用途は不明だが、深紅の絨毯が敷き詰められており、壁に沿って椅子が三脚並んでいる。

いや、それよりも問題なのは、部屋の中央、床からにょっきり生える三本の黒い棒だ。

「な、……なんだ、これ」

「見てのとおり、ディルドだ。俺たち三人のものをそれぞれかたどっている。結構、苦労したんだぜ？　勃起させた状態で、シリコンで型を取るってのは」

坂本が得意そうに言えば、叶野も鼻をうごめかす。

「みんながみんな、課長を泣かせちゃうぐらいバキバキの状態で挑もうって真剣になりましたもんね」

「その結果、太く浮き出す血管までリアルに再現できたのはよかったよ。――この中から、桐生くんはお気に入りの一本を選ぶことができるかな？」

三人の視線が集まる。いますぐ逃げなければ。きびすを返そうとしたところを叶野に捕らえられ、桑名に背を押される。

焦っている最中に、しゅるりと黒い布で視界を覆われた。間違いなく坂本だ。

「や……やめっ……」

なにも見えない中、手早く服を脱がされ、下着まで取り去られた。羞恥に縮み上がりそうになるが、背後から首筋にふうっと熱っぽい息を吹きかけられながら、こりこりと両の乳首をもてあそばれると、どうにも身体に力が入らない。

「んっ……あぁっ……」

ただただ、ツキツキと肉芽が痛いほどに感じて尖っていくのがわかる。

親指と人差し指でくびり出される乳首から走り抜ける快感に気を取られている隙に、後孔を温かなローションで塗り込められていく。誰の指か判別がつかない。

「あ、っ、あ、バカ、やめ……ろ……！」

きつく締まるそこはローションのぬめりを借りても、指二本ぐらいしか呑み込まない。それでも、ぐちゅぐちゅと肉襞をかき回されると覚えのある快感が滲み出して、身体がふらつく。

そのまま、とんと肩甲骨を押されて、床に膝をついた。

手と膝を絨毯に擦りつけ、まるで犬みたいだ。中途半端に弄られた乳首がジンジンし、窄まりも疼いて仕方がない。最近、バイブレーターで責められてばかりで、熱い肉棒を最奥まで受け入れたのはもうずいぶん前だ。

守のバイブレーターに続いて、またしても無機質なディルドで苛まれるのかと思うと、恥辱で頬が熱くなる。

「さあ、桐生くん。きみのとってをきの一本を僕たちに教えてほしいな。大丈夫、どのディルドも人肌程度に温まる機能がついていて、きみの中にしっくり嵌まるよ」

　そんなことを確約されてもまったく嬉しくないが、身体が揺れた瞬間、堂々とこじ開けてくるようなディルドの先端が、秘めた場所に触れ、誘われるように腰を落としていく。

「……んっ……」

　最初に呑み込んだのは、立派なカリが入り口を大きく広げるディルドだ。あまりに見事なカリだし、そこから続く太竿もまた凶悪だ。四つん這いのまま、ずぶずぶとたやすく受け入れるには恥じらいが勝つ。第一、みんなが見ているのだ。目隠しをされているから周囲の状況がまったくわからないけれど、身体を串刺しにする杭は本物だ。

「くぅ……ッ……！」

　ぐぐぐ、とねじ挿ってくるシリコンに呻いた。

「いいね、お尻を可愛く振ってディルドを呑み込んでいく桐生くんは、まさしくセックスシンボルだ。乳首も真っ赤にふくらんで……いじらしいな。あとでクリップをつけてあげよう。叶野くん、ちゃんと撮れてるかな？」

「バッチリです。課長のエッチなお尻がディルドを根元まで咥え込んで、ぐぽぐぽしちゃってるとこ、しっかり録画してます。これ、モザイクをかけてもネットに流したらめちゃくちゃ人気出るだろうなぁ」

「あ、ん、っ、や、いや、だ、そんな、の……、っ」

抵抗しても、肉洞にねじり刺さるディルドから離れられない。酸素が足りなくて淫らに開いたくちびるも、欲情で染まった肌が熱く湿る様子も、ぷるんと重たげにふくらんだ熟れた乳首も——昂った性器も、ぎちぎちに広げられた孔も、すべてすべてすべて。痴態のすべてが記録されていく。

自重でより深く突き刺さる体位のせいもあって、いつになく奔放に動いてしまう。

絨毯の長い毛足を握り締めてじゅぷじゅぷと腰を揺らし、もっといいところをディルドに抉ってほしいのだが、自分が勝手に動くというのもなかなかないことなので、うまくいかない。もうすこし、右側に身体を傾ければ望みのところをディルドが擦ってくれそうだ。

「じゃ、今度はこっち」

「あ……」

あとちょっとでいいところだったのに、両脇に手を差し込まれて引き上げられ、新たなディルドの上に下ろされた。とろとろのローションをまとったそれに、じゅぷんっと最奥まで貫かれ、思わず身体をしならせた。

「ン——……!」

さっきよりもいくらか呑み込みやすいが、奥の奥まで届く。すこし身じろぎしただけで確実にいいところに当たり、我も忘れて臀部を擦りつけたくなってしまう。

「んっ、ん、あぁっ、奥、届く……っ」

「ふふ、気に入った？　それは僕だよ」

「ちなみにさっきのが俺です」

左から桑名が、右から叶野が囁いてくる。

「はぁっ、あっ、あ、刺さる……ッん、んぁっ」

「深いところをぐりぐりされるのが好きなんだよね、桐生くんは。僕はきみの要求に応えられてるかな？　ちゃんと気持ちいいところを抉ってあげてる？」

「ん、ん、いいっ、あぁ、っ、もっと、もっと……！」

無我夢中で尻を揺らした。もうすこしでイけそうだ。手で床を突っぱね、上下に腰を振り、ひたすら喘いだ。

なめらかな亀頭で最奥を抉られるのがたまらなくよく、淫らに腰をくねらせた。これだけでも相当いいのだが、叶うならばもっと熱いほうがいい。

ぐっと腰を落とし、尻たぶを床に擦りつけようとすると、片腕を取られてディルドから引き抜かれた。

ずるりと抜けてしまう塊を食い締めようとしたが、すかさずべつのディルドを押し込まれた。

「ひ……っ！」

その硬さ、そのくねり方、好みそのものだ。

疼いて仕方がない部分を擦られる愉悦に、つうっと口の端から唾液が伝い落ちていく。

快感にうっとりし、腰を振るのもためらってしまう。

みなぎった亀頭、筋が強く浮き出た肉竿――間違いなく、これは坂本のものだ。

めったに繋がらない彼を、こんな形で感じるとは。

はしたないほどに求めてしまう。

これがほしかった。

「はぁ、っあ、あ、ん、っ、う、ぁっ、ぁぁっ」

「声がさっきと変わってるね、桐生くん。ちょっと妬けるな。それは坂本くんかな?」

「ですねぇ。ふふ、根元まで美味しそうに咥え込んじゃって、やーらし……。縁がちょっとめくれて赤くなってるのがまたいいですね。ズームで撮っとこ」

「あうっ、やめ、ろ、やめてくれ……」

目隠しをしていながらも、カメラが秘部に近づくのがわかる。

こんな映像、親しい者の間だけだとしても、繰り返し鑑賞されるのかと思うと恥辱で身体が燃え上がる。

「見るな……見ないでくれ……!」

懇願するものの、腰を振り続けてしまう。

じゅぽっ、じゅぷっ、と卑猥な音だけが鼓膜に染み渡る。

このいやらしい音が自分の体内から生まれているのだと思うと、羞恥で全身が熱い。

「も、……勘弁、してくれ……っ」

「もう俺たちがほしいか？」

笑う坂本にこくこく頷いた。

血肉の通った肉棒でイかせてほしい。

「たの、む……ほしい……」

「俺ももう我慢限界。課長もかわいそうですし、お遊びは終了にしません？」

叶野の訴えに、桑名が鷹揚に頷く。

「充分楽しんだね。僕としては桐生くんの乳首をいっぱい吸ってあげたいよ。ベッドルームに行こう」

じゅぽっと淫らな音を立ててディルドを抜かれ、ふらつく身体を両側から支えられながら扉続きのベッドルームへ入った。

そこで目隠しを外された。

暖かみのある木製フレームのベッドはキングサイズで、大人四人が横になっても余裕がある。花柄を刺繍したパッチワークのカバーを桑名が剝ぎ取ると、目にもまぶしい真っ白なシーツの海が広がっている。

誰かに背を押され、ベッドに倒れ込んだ。

身体をひっくり返してきた叶野が舌なめずりしながら服を脱ぎ、顔をのぞき込んでくる。

「俺の形をしたディルド、気に入ってもらえました？　最初に咥えるには太すぎるかなって心配でしたけど、課長、美味しそうに俺の×××呑み込んでましたよね。腰を高く上げて奥深くまでディルドを受け入れる姿、全部録画しましたよ。桑名部長がリビングにスクリーンがあるって言ってましたから、あとで映しましょうね。それはともかく、課長のおっぱい吸わせて」

「んんっ、かのお……！」

じゅうっと吸いついてくる叶野の口の中で、乳首が充血して尖っていく。うっすらとした痛みをともなう快さに酔いしれ、覆い被さってくる男の髪をくしゃくしゃとかき回す。

——男なのに、こんなに肥大した肉芽になってしまって。

恥ずかしさと悔しさがない交ぜになって、桐生を振り回す。

「守さんが撮った動画、みんなで観ましたよ。もうめちゃくちゃ嫉妬しちゃいました。課長、もっと用心しなきゃ。俺たち以外の男から出される飲み物は、なにが入ってるかわからないんだから危険だって。あー……でも薬でぶっ飛んだ課長も最高だったな。俺たちだけのものだと思ってたおっぱいにクリップを挟まれて、アンアンよがってましたよね」

「し、してない……！」

「してましたー」

いたずらっぽく上目遣いにウインクする叶野が、ちゅくちゅくと乳首を甘噛みしてくる。甘痒い刺激がびりびりと全身を走り抜け、すこしもじっとしていられない。

「いっ……！　もっと、やさしく……っ」

「これが好きなくせに」

頑丈な歯で噛み転がされる尖りはふっくらと淫らに育ち、男たちのくちびるを楽しませる。

桐生のこころよりも雄弁に快楽を訴える身体は、素直に勃起し、触ってほしい、弄ってほしいと桑名たちに訴えている。

「もう先っぽがとろとろだ。桐生くんは先走りが多くて可愛いな」

かたわらに腰かけた桑名がニットを頭から抜き、細身でも鍛え抜かれた身体をあわらにする。

「いい感じに濡れてるな。これならカテーテルもすんなり挿りそうだ」

ボストンバッグを手にした坂本が足下に腰かけ、悠然とバッグを開く。

中から取り出されたのは、かつて目にしたことのある極細の棒だ。それをアルコールで念入りに消毒する坂本は、魔法の杖のように振り回す。

「今夜はたっぷり感じさせてやるぜ」

不敵な笑みを浮かべる男に魅入られてしまう。

やることなすことめちゃくちゃで、どう考えても尋常ではないと思うのに、その危うさのせいでより惹きつけられる。

ぎゅっと瞼を強く閉じてから、ゆっくり開く。視界に映るのは三人の男。叶野以外はまだ服を着ていて、余裕綽々だ。

「桑名部長、叶野……坂本」

声がつっかえる。

やめてくれと言うのはたやすいが、そんなつもりはまるでない。ここまで熱くさせられたのだ。最後まで責任を取ってもらわなければ。

「……やさしく、してくれ」

絞り出した声に男たちが破顔する。

「もちろんだ。桐生くんは僕らにとって最高のミューズなんだよ。どんなに性的な妄想を働かせても、きみを前にするとすべてが狂ってしまう。どうしてなんだろうね？　きみと会う直前までは、もっとひどいことをしてみようかとか、おかしくしてみようかとか、あれこれ考えているのに、まったくだめだね。その美しく清潔な顔を目にすると、僕の中の紳士な部分が目覚めてしまう。ああでも、安心してくれ。手を抜くつもりはないから」

にこやかに桑名が言えば、左右の乳首を交互に吸っている叶野も微笑む。

「信じてください。俺たちはみんな、課長の奴隷。右を向けと言われれば右を向くし、乳首だけでイかせてほしいって言われればそうします。あなたのお願いだったらなんでも聞いちゃいます。でも、この可愛いくちびるで俺を愛してほしいなぁ」

乳首をずるく吸い続けている叶野はもう堪えきれないのか、下着をずり下ろし、早くも雄々しくそそり勃つ太竿を扱き上げている。

先ほど味わったシリコン製のディルドとはぜんぜん違う、リアルな色と角度にごくりと息を呑む。

あれで深々と貫かれる快楽を、いまの自分は知っている。

「任せとけ桐生。今日はそうそう簡単にイかせないぜ。おまえの尿道を抉りながら、うしろをこじ開けて、本物の絶頂ってもんを味わわせてやる」

坂本がにやりと笑い、「じっとしてろよ」と両足の間に顔を伏せてきた。勃起している性器のくびれをわっかにした指で締めつけ、くぱぁ……と愛蜜で濡れた先端の割れ目を開かせたところで、銀色のカテーテルを慎重に挿入してきた。

「……ひ……ッぁ……ッ……」

ひんやりした硬い感触を内側に覚えた途端、叫び出したいほどの愉悦に見舞われる。そこも、アナルも、本来はなにかを挿れられる場所ではない。その逆だ。だからこそ、そんなところでも感じることに背徳感を覚え、興奮してもみくちゃになり、桐生を振り回す。

「あ、あぁっ、んぁ……！」

くっ、くっ、とカテーテルを奥へ押し込まれるたびに体温が上がっていく。目眩がするほどの快楽に押し流されそうで、必死にくちびるを噛んだ。

同時に窄まりを指で押し広げられ、肉洞を開かされていく。

身体のそこかしこがふさがれることで、熱がぐるぐると渦を生む。

身体中の血液が逆流しそうだ。秘められた場所を探られるごとに、じっとりと背中が汗ばむ。

「尿道で感じるのって結構難しいんだって坂本さんから聞きましたけど、さすが課長。エッチな才能大ありですね。俺ももうバッキバキ。カテーテルを挿入した状態で貫かれたこと、あります？」

「まだないな。ただ、メスイキの経験はあるから大丈夫だろう。叶野のぶっといヤツでガンガン揺さぶってやれ」

「了解でーす。課長、久しぶりに生でいただいちゃいますね……、っと」

「ん、ン……！」

ずんっと叶野が突き込んできた。

「あー……たまんねー……やっぱ課長のお尻最高」

ひどく熱い肉竿で、ぐぐっと抉られ、身体が跳ねる。

先ほどのディルドとはなにもかもが違う。熱も、弾力も、角度もすべて。

「う……ン……っん、い……っ、太い……っ」

「でしょ？　みっちり嵌まってるでしょ？　課長、俺が大好きですもんね。もっとズボズボしてあげます」

「あ──あ……っ！　そこ、っ、すごい……っもっと、して……ほし……っ」

三人のうち飛び抜けて太い叶野の性器が出たり挿ったりするたび、カテーテルで尿道をくりくりと責められる。

敏感な粘膜をじっくりと探られて、喘ぐ隙を狙い、桑名が乳首をつまんでコリコリとねじる。

「あぅ……はぁ……あぁ……」

捏ねられて、弄られて、ふさがれて、ひっきりなしに喘ぎが漏れた。

どこをどう触られても感じてしまい、ぐんぐんと絶頂へと押し上げられていく。

だけど、尿道をふさがれているから出すに出せない。

彼らに抱かれるまでは、普通に射精するのがフィニッシュだと思っていた。

なのに、いまは違う。

乳首を弄られて勃起するようになってしまったし、それだけではなく、達するようにもなった。しかも、アナルセックスでイきまくるようにもなった。

――こんなの、ほんとうの私ではないのに。

胸の裡で呟くが、ずくずくと穿ってくる叶野の激しさから振り落とされそうで、無意識に両足を彼の逞しい腰に絡みつけた。湿る内腿で叶野の腰をすりっと撫で上げれば、額に汗を浮かべる叶野が片頬で笑いかけてくる。

「中、とろっとろに絡んできますよ」

「んっ、もう、……もうっ、イき、たい……っ」

「じゃ、一緒にイきましょ。カテーテルは抜かないままで」

「そんな、あぁっ、抜いて、くれ、こわい、っだめ、だ、だめだ、イく……イく……ぅ！」

尿道を刺激されながら絶頂を迎（むか）えるのは、これでまだ二度目だ。

すべての感覚が極まった状態で達したら、どんな痴態をさらすか。みんなに呆（あき）れられてしまうと、ぶるっと身体を震わせると、揺れる胸の裡に気づいたのか、叶野が深くくちづけてくる。

肉厚の舌でじゅるりと吸い上げられながら強く突き上げられた瞬間、びりっと激しい電流が全身を駆け抜け、桐生を一気に高みへと押し上げる。

「ンー……っ！　んんっ、う、ん……っ！」

最奥でペニスが跳ね、ごぽりと体内で音が響くほどに多量の精液を注ぎ込まれて、腰が痙攣（けいれん）する。

「はぁ……気持ちいいー……まだまだ出るから全部呑んでくださいね。俺、最近ずっと我慢してたから、いっぱい出しちゃいますよ。課長が孕（はら）んじゃうぐらい」

「ふぁ……あぁ……」

頭の中が真っ白になるようなエクスタシーに、まともに声が出なかった。

まだカテーテルが挿さっているから、油断はできない。

「叶野くんにいっぱい広げてもらえたようだね。次は僕が奥の奥まで暴いてあげる番かな」

桑名が愛おしそうに桐生の頬にくちづけてきて、ずるりと抜いた叶野のあとを追うようにして、ぐぐっと突き込んでくる。

「んぁ……ッ！」

極太の叶野ですこしはゆるめられた気がしたのに、桐生のそこは勝手に収縮し、長く、硬い桑名の肉竿にひたりとまとわりつく。

「すごくいいよ……桐生くん。叶野くんの精液でぐしょぐしょになっているのが、ますます気持ちいいな。熱くて、ぬるぬるして……たまらないな。ずっとこうしていたいぐらいだ」

最初から結腸に届く桑名の雄が、ジュッパジュッパと音を響かせてこじ開けてくる。

「んぐ……っんん……っ」

「いいかい？」

「……ん、っ、ん、……いい、です……っ奥まで、来てる……」

「そうだよ。僕だけが舐め回してあげられる場所だ。ここを突かれないとイけない身体にしてあげよう。好きに動いてごらん」

「うん……っはい……っ」

正面から繋がってくる桑名が背中に手を差し込んできて、自分の膝に桐生を抱き上げる。対面座位はあまり慣れておらず、どう動いてもぞくぞくする。

自重のせいでより深く肉棒が突き刺さってくるのが、どうしようもなくいい。桑名の首に両手を巻きつけ、夢中で尻を振った。

「部長の、気持ちいい……っ」

「光栄だ。僕もだよ、桐生くん。清廉潔白(せいれんけっぱく)なきみが僕を咥え込んで、絶(た)えずお尻を振ってるなんて、夢でも見たいぐらいだよ。桐生くんのすべてがほしいよ。この別荘に閉じ込めて、セックスのことしか考えられないようにしてあげたい」

ずりゅっ、ぐりゅっ、と腰をひねり挿れてくる桑名に身を預け、背を反(そ)らした。

「う……っんんッ……」

すうっとカテーテルが抜けて、挿ってくる。その動きに合わせ、軽く達し続けた。

イってもイってもまだ先があって、あまりの快感に開きっぱなしのくちびるから涎(よだれ)がつうっと伝い落ちていく。それを桑名が指ですくい取り、ちゅっとくちづけた。

「感じまくるきみが大好きだよ。ほら、叶野くんがもう次の快感をほしがってる」

「あ……」

かたわらを振り向くと、早くも叶野がいきり勃ったものを根元から扱いていた。

「この口で抜かせてくれます?」

「っん……」

桑名と繋がったまま仰向(あおむ)けにされるなり、くちびるに熱くなめらかな亀頭が触れる。思わず口を開くと、叶野がためらいなく押し込んできた。

身体の深いところで味わうのと、口内で味わうのとではまた違う。こんな形をしていたのかと改めて確認しながら、つたなく奉仕する。

もう幾度もしゃぶっているのだから、すこしは上達してもいいと思うのだが、生々しく凶悪な肉棒を目にするたび新鮮に驚く。

「美味しいですか？」

「んっ、んっ……おい、し……」

「こっちにも集中してもらわなくちゃね、桐生くん」

叶野のものを懸命にしゃぶり続ける中、桑名がリズミカルに突き上げてきて、桐生を夢見心地にさせる。

口の中で味わう肉棒に、同じタイミングでアナルも責められ、もうなにがなんだかわからなくなってくる。

「ご満悦だな、桐生」

「っ、ん」

視線だけちらっと動かすと、ベッドに片膝を立てた坂本が、美味そうに煙草を吸っている。桐生の煙草から一本抜き出してきたのだろう。彼が吸うときは、機嫌のいいときだけだと知っている。

「上も下もふさがれて最高だろ。でも、おまえはこのままじゃ満足できない。そうだろ？」

そう言って、ポケットから小箱を取り出し、蓋を開いてみせた。

そこには透明なプラスティックでできた乳首吸引器。ご丁寧にも左右のふたつが揃っている。

「いままでは黒い吸盤を使っていたんだが、それだとおまえのドスケベな乳首が見えないだろ。だから、クリアな素材で新しく作ってみたんだ」

「バカ、よせ……っ！」

これ以上、刺激を与えられたらほんとうにおかしくなる。

ジタバタともがいたのだが桑名や叶野たちに押さえつけられ、胸をがら空きにされた。

「だいぶいい感じに育ったな。もっと敏感(びんかん)にしてやる」

「ンン――……ッ！」

半カップ状になった透明な器具を乳首に押しつけられて、きゅうっと先端をねじられる。このクリアなシリコン素材も、坂本が一から開発したのだろう。

「あっ、あぁっ、熱い……っ」

乳首の先端が吸い上げられて真っ赤にふくらむ。

「へえ……これいいな。課長のおっぱいがリアルで育っちゃうとこ、見られるんですね」

「乳暈も淫らに染まって、いいね。この乳首を見るだけで勃起するよ」

その言葉に嘘はなかった。

「ふぁ……っあぁっ……来る……なんか、来ちゃう……！」

内側で肉棒がびんっと跳ねて上壁を叩き、声を掠(かす)れさせた。

乳首全体に火の粉(ひこ)をまぶされたような熱さに悶え狂い、無自覚に中をきゅうきゅう締めつける。

「く……っ、もうイきそうだ。出すよ」

「んんっ、あ、あっ、イく、イく……！」

またも脳内で火花が散る。カテーテルを挿入されっぱなしで続けざまにイかされ、感覚が鈍くなるかと思いきやその逆で、どんどん鋭くなっていくばかりだ。

身体のそこかしこが火照り、こんなにも感じているのに、もう次の刺激がほしくてしょうがない。

「最高だったよ、桐生くん……今度は手で愛してもらおうかな」

最後の一滴まで注ぎ込んだ桑名が身体を離し、「坂本くんは？」と振り返る。

「なんだかんだ言ってきみが一番、桐生くんを大事にしているだろう。なのに、めったに繋がろうとしない。禁欲的なのもいいけど、たまには存分に味わっておかないと、桐生くんが逃げてしまうよ」

「そいつは困るな」

咥え煙草で笑う坂本に身体をひっくり返され、腰を強く摑み上げられた。そして、再び目隠しをされる。

「これからおまえの中に挿るのは、誰だと思う？」

「う……！」

「俺かもしれないですよ」

「いやいや、僕かもしれないね」

うつ伏せにされた状態で左右から肉棒を握らされる。手のひらで感じる雄の熱さに気が逸れている隙をついて、蕩けた窄まりに剛直が押し当てられた。

「……ひ……っ！」

みなぎった雄が、ぐうっとめり込んでくる。

すでにふたりの精を受けて媚肉もやわらかくなっているが、この熱、この生々しさ、この硬さには目を瞠った。

――坂本だ。

――坂本が挿ってきてる。

そのうえ、勘違いじゃなければゴムを着けていないようだ。最奥にまで突き込んでくる肉竿の熱があまりにリアルすぎる。

だけど、目隠しをされているから確かめようがない。

「あ……あぁっ、あっん、い……っ！」

髪を振り乱して感じ入り、忙しなく両手の中の肉棒を擦り上げた。

どれが誰のものかわからない。

でも――わからなくていいのかもしれない。

大事なのは、桑名、叶野、坂本に求められ続けていくことだ。

ずちゅずちゅとねじ込んでくるペニスに突き動かされ、身体が揺れる。

尾てい骨をつうっと爪で引っかかれる愉悦にのけぞり、ぶるぶると身体が震える。

「おねがい、だ……も、無理、これ以上……っあぁ……っ！」

「じゃ、みんなで一緒に課長にぶっかけます？」

「いいね。精液でどろどろになった桐生くんほど美しいものはないよ」

叶野と桑名の声に続いて、低い忍び笑いが聞こえた。

だんだんと貫く力が強くなり、四肢に熱がこもる頃、ぐるっと身体をひっくり返されて突然カテーテルを抜かれた。それと同時に最奥にズクンと強い一撃を食らった。

「あぁっ！　あー……っ！　出る、出ちゃう……！」

喘ぎながら、ようやく解放された尿道からびゅっ、びゅっ、と白濁が思いきり飛び出す。その間もずるく抉られ、快感は鋭く、色鮮やかになっていく。

吐精するたび、身体が波打つ。

繋がっている男も限界だったのだろう。どくどくっと強く撃ち込んできて、桐生の中をたっぷりと満たす。

脈動すら快感だった。

「っん……！」

「く……っ」

一拍遅れて両側からどっとぶちまけられた。熱い白濁が顔を、身体をとろりとしていく。

頬をとろりと垂れ落ちるしずくを誰かが指にすくい取り、くすくす笑いながらくちびるに押し込んでくる。

されるがままに舌を絡め、深く息を吐いた。

ゆっくりと目隠しが外されていく。

正面に、汗みずくの三人の男が笑いながら座っていた。

誰がなにをしていたのか、もう知るすべはない。

身体はふらふらだったが、底のほうでは冷めやらぬ熾火が揺らめいている。

それを次にかき立てるのは誰なのか。

「こんなもんじゃないですよね、課長？」

「僕としては朝まで交わりたいな」

タフな叶野と桑名が言い、坂本は新しい煙草に火を点けている。

ふうっと煙を吐き、にやりと笑いかけてきた。

「おまえで試したいことはまだまだあるんだぜ。覚悟しとけよ」

指を突きつけられ、身体がじわりと汗ばむ。

三人の口元にぎらりと牙が見えた気がした。

## 終章

眠たい目を擦りながらベッドを降り出ると、薄く開いた扉の向こうからいい香りがする。

「おう、起きたか。よく眠ってたな」

「……おまえたちが無茶するから」

「全員で丁寧にマッサージしてやっただろ？」

楽しげな坂本はルームウェアに黄色のエプロンをまとい、「朝メシ、食えそうか」と聞いてくる。

「食べる。もうぺこぺこだ」

「だよな。マンションに戻ってきて、ぶっ通しで寝てたし。待ってろ、いま用意する」

パジャマのままで食卓に着くと、すぐに熱々の味噌汁、てんこ盛りのごはん、目玉焼きにぱりっと焼いたウインナー、サラダが出てきた。

ずず、とすすり込む味噌汁が骨身に染み渡る。

「うまい……」

「だろ？　朝食は大事だ。しっかり食え」

まっとうなことを口にする男だが、その頭の中は完全にいかれてる。

そこをいま糾弾しても仕方ないことなので、黙って箸を進め、綺麗に平らげた。

「もうそろそろ四月か。桐生んところは新人とか入ってくんのか」

「今年はふたり入ると聞いてる。そのうちのひとりは叶野が、もうひとりは私が面倒を見ることになっているんだ」

「へーえ、それはそれはまた、おもしろいことになりそうだな」

にやにや笑う坂本に、よからぬものを感じるが、深く突っ込んでいたずらに火傷したくないので、ここは黙って引き下がるにかぎる。

「じゃあ、行ってくる」

「おう、今日もしっかり働いてこいよ。いい子で帰ってきたらご褒美があるかもな」

「……どんな」

思わず食いついてしまった。坂本は可笑しそうに肩をすくめ、「内緒」と人差し指をくちびるの前に立てる。

「行ってこい」

背中をぽんと押され、淡い春風の吹く外へと出た。

空気はまだ、どことなくひんやりしているが、花の香りがあちこちから漂ってくる。

今年も、新しい季節がやってきたのだ。

新鮮な空気を思いきり吸い込んで、足取りも軽く、オフィスへと向かう。

綺麗に晴れた空を見上げながら微笑み、都心のオフィスに足を踏み入れると、思わぬ声がかかった。

「おはようございまーす、課長」

「おはよう、いつも早いね桐生くんは。真面目でいいことだ」

誰よりも先に叶野と桑名がオフィスにやってくるのは、これが初めてではない。それぞれ手にぞうきんを持ち、島中のデスクを拭いていたようだ。

「おはようございます。おふたりとも早いですね」

「それはもう」

「きみの家に迎えに行こうと思ったぐらいだよ」

そんなに熱烈に出社を求められているとは。頬をゆるめた桐生の目の前に、ずいっとスマートフォンが突きつけられる。

そこに映っていたのは——真正面からバイブレーターを咥え込まされ、たまらずに己を扱いている桐生自身の動画だ。ぬっちゅぬっちゅと扱く音が朝のオフィスに響き渡る。

「な……っ……こんなの、どこで……！」

「あ、もしかして感じすぎて覚えてません？　守さんから追加で動画が送られてきたんですよ。このときの課長、イきっぱなしで最後は自分でも扱いちゃってたんですって。やーらし」

「きみはひとりのとき、こんなふうにするのかな？　うしろに太いものを咥え込むだけでは満足できなくて、前も自分で弄ってしまうなんてね。ほんとうに素敵だ。可愛くて淫らなきみは、これからフレッシュな新入社員を迎える。僕たちはできるかぎり、きみを守るつもりだけど……どうかな？　淫らなきみに新人たちは我慢して本能を抑えられるかな？」

にじり寄ってくるふたりが怖い。

あとずさったが、すぐにとんっとデスクにぶつかる。叶野が素早く手を伸ばしてきて桐生のネクタイをはねのけ、ワイシャツの前をぷちぷちっと開き、むっちりと盛り上がる乳首をあらわにする。

「初々しい子たちよりも、俺たちのほうがずっといいって思ってもらうために、今日もいっぱい吸わなくちゃですね」

「この淫乱乳首は僕たちだけのものだよ」

「……っあ……」

迫り来るくちびるから逃れることはできないから、身体をのけぞらせ、ふたりの髪をかき回した。

本格的な春が訪れる前に、愛の奉仕だ。

あとがき

こんにちは、またははじめまして、秀香穂里(しゅうかおり)です。

「発育乳首(はついくちくび)」三冊目です！　坂本(さかもと)、叶野(かのう)、桑名(くわな)というおなじみのメンバーに、前作から守(まもる)というSMプレイヤーも加わり、桐生(きりゅう)はますます翻弄されることになります。どのページを開いてもエロ、エロ、エロ、エロ！　でも、その合間にちゃっかり仕事もしているという不思議なシリーズです（笑）。

桐生たちがどんな夜を過ごすのかということを考えるのは当たり前に楽しいのですが、サラリーマンとしてどういった企画を立てていくか、というのも毎回新鮮です。

今回、ぜひ見ていただきたいところは、終盤のアレです。床からなにかが生えているあのシーンです。渾身のエロなので、ぜひ楽しんでいただけることを願っております。

艶やかで、見るたびドキドキしてしまう装画を手がけてくださる、奈良千春(ならちはる)先生。表紙はもちろんのこと、挿絵のすべてがご褒美です！　毎回、「こんな構図があるのですね……！」とわくわくし、色っぽい表情にもときめきます。お忙しい中、ご尽力くださったことに深く感謝しております。ありがとうございます！

最後に、この本を手に取ってくださった方へ。乳首責めが好きすぎてここまで来ました。最後までお読みくださり、ほんとうにありがとうございます。ご感想、ぜひ編集部宛にお聞かせくださいね。また次の本で元気にお会いできますように！

# 発育乳首〜蜜肌開発〜

ラヴァーズ文庫をお買い上げいただき
ありがとうございます。
この作品を読んでのご意見・ご感想を
お聞かせください。
あて先は下記の通りです。

〒102−0075
東京都千代田区三番町8-1
三番町東急ビル6F
(株)竹書房　ラヴァーズ文庫編集部
秀 香穂里先生係
奈良千春先生係

2023年2月7日
初版第1刷発行

●著　者
秀 香穂里 ©KAORI SHU
●イラスト
奈良千春 ©CHIHARU NARA

●発行者　後藤明信
●発行所　株式会社　竹書房
〒102−0075
東京都千代田区三番町8-1 三番町東急ビル6F
代表 email： info@takeshobo.co.jp
編集部 email： lovers-b@takeshobo.co.jp
●ホームページ
http://bl.takeshobo.co.jp/

●印刷所　中央精版印刷株式会社